Thorsten Riewesell | Silvia Hilli Weber (Hrsg.)

Wunden und Wunder

Ermutigende Geschichten für junge Leute

Über die Herausgeber

Thorsten Riewesell lebt mit seiner Frau Miriam sowie seiner Tochter Annika und seinen beiden Söhnen Joshua und Mika in Kassel. Er ist Referent für Jugendarbeit und Bildungsarbeit bei „Entschieden für Christus" (EC) e. V.

Silvia Hilli Weber, Jahrgang 1981, lebt mit ihrer kleinen Familie im Herzen Schleswig-Holsteins. Sie hat eine Vorliebe für Bilderbücher und schreibt eigene Kindergeschichten. Sowohl beruflich als auch privat hat sie viel Kontakt zu Kindern, was ihr immer wieder neue Ideen liefert.

Thorsten Riewesell | Silvia Hilli Weber (Hrsg.)

Wunden und Wunder

Ermutigende Geschichten für junge Leute

GerthMedien

1. Auflage 2010
Bestell-Nr. 816 560
ISBN 978-3-86591-560-3

Umschlaggestaltung/Illustration: Sabrina Müller
Lektorat und Satz: Nicole Schol
Druck und Verarbeitung: GGP Media GmbH, Pößneck
Printed in Germany

Inhalt

Vorwort

Als wir einen Autorenwettbewerb zum Thema „Von Wunden und Wundern“ ins Leben gerufen haben, hätten wir nicht gedacht, dass die Reaktionen darauf so zahlreich und vielfältig sein würden.

Unzählige Autorinnen und Autoren haben uns an ihrem Leben teilhaben lassen. An ihren „Wunden“. Durch Berichte und Gedichte über Schwierigkeiten mit Eltern und Mitmenschen, über Zweifel und die erste Liebe, über den Umgang mit Tod und anderen Arten von Verlusten …

Andere haben ihrer Kreativität freien Lauf gelassen und Geschichten über Erfahrungen verfasst, die so oder ähnlich aussehen könnten und vielleicht sogar teilweise echten Erfahrungen entlehnt sind.

Wie will man bei alldem eine Entscheidung fällen, welche Geschichten und Gedichte es nun „verdient“ haben, in dieses Buch aufgenommen zu werden? Wir – das sind Thorsten Riewesell vom EC, die beiden Autoren Silvia Hilli Weber und Titus Müller sowie Nicole Schol vom Verlag Gerth Medien – haben versucht, eine bunte Mischung aus Selbsterlebtem und Erfundenem zusammenzustellen, in der ihr euch (hoffentlich) wiederfinden könnt.

All diese Erlebnisse – ob sie nun authentisch sind oder fiktiv – haben eines gemeinsam: Sie richten den Blick auf einen Gott, dessen Wunder um so vieles größer sind als all die Wunden, die uns das Leben zufügt. Oder um es mit dem Psalmisten zu sagen: „Gott, unser Retter, du erhörst treu unsere Gebete und antwortest uns mit wunderbaren Taten. Du bist die Hoffnung aller Menschen …“ (Psalm 65,6).

Menschen, die zu Jesus gehören, bekommen ebenfalls Krebs, müssen ihre Kinder beerdigen oder kämpfen gegen ihre Vergangenheit an. Was sie aber von Menschen unterscheidet, die nicht mit Jesus unterwegs sind, ist nicht, dass es in ihrem Leben keine Stürme gibt, sondern wen sie im Sturm entdecken: einen unerschütterlichen Jesus.

Und genau diese Entdeckung wünschen wir auch euch!

Die Herausgeber

Erlebt

Löschpapier

Gestern saß er noch hinter mir: Michael. Kerngesund, breitschultrig, mit einem hellen Blick wie Schneeglöckchen im frostigen Frühlingslicht. Ich habe ihn bewundert, weil er so gut zeichnen konnte. In den Pausen hat er mit seinem Lachen gute Laune verbreitet.

Michaels Stuhl im Klassenzimmer ist leer. Wir reden nicht darüber, dass Michael tot ist. Wir denken alle daran, aber wir sagen nichts.

Er hatte einen Ruderwettkampf auf der Elbe. Seine Mannschaft lag in Führung. Er hat alles gegeben, und plötzlich hörte sein Herz auf zu schlagen. So erzählte man uns. Warum ist ein Herz plötzlich still?

Ich male auf Löschpapier. Seit ich Schulhefte habe, seit der ersten Klasse, sind die Löschblätter mein ausgelagerter Denkplatz. Die faserigen Seiten fauchen, wenn ich mit den Fingern darüberfahre, und es ist gar nicht so leicht, eine Seite vom Block zu reißen. Meistens gibt es Fetzen am oberen Rand, oder ein Teil der Gummirinde löst sich mit der Seite ab, dieses Gummizeug, das die Blätter zusammenhält.

Ich male Foltermühlen für die Lehrer. Acht oder zehn Kammern kritzele ich auf das Löschpapier. Zur

Falltür in der ersten Kammer zeigt ein Pfeil, und ich schreibe an die Seite: *Lehrer hier rein.* Förderbänder bringen sie von einem Raum zum nächsten. Sie werden in Säurebecken gebadet, zwischen Nagelrollen durchgezogen, gerädert, gestreckt und aufgespießt.

Dabei gehe ich gerne zur Schule. Ich werde viel gelobt hier, die Lehrer mögen mich und geben mir gute Zensuren. Bei den Folterkammern denke ich auch nicht an bestimmte Lehrer. Ich finde die meisten sympathisch. Es gehört irgendwie zur Feindschaft zwischen Schülern und Lehrern dazu, dass man sich insgeheim Grausamkeiten an den Hals wünscht.

Wir verstehen uns gut und trotzdem ist allen klar: Letztendlich halten die Lehrer zusammen und die Schüler halten dagegen. Feindschaft bedeutet ja nicht, dass man sich anschreien muss. Man kann freundlich miteinander reden, kann sich sogar Sachen schenken oder Mitleid empfinden. Ich male Foltermühlen und versuche, nicht an Michael zu denken.

Was ist jetzt mit ihm? Fliegt irgendwo seine Seele rum? Ist von Michael nur noch ein Hauch übrig, schweben seine Gedanken irgendwo zwischen den Sternen im Weltall? Eine traurige Vorstellung. Michael in einer Gedankenwolke, und die Wolke wimmert ein einsames Lied. Das glaube ich nicht.

Er wohnte in meinem Haus, zwei Eingänge weiter. Ich möchte nicht wissen, wie es seinen Eltern geht, und seiner kleinen Schwester.

Manchmal träume ich auf dem Löschpapier. Letzte Woche habe ich Indianer aufs Papier gemalt.

Dass die DDR Indianerbücher druckt, werde ich nie verstehen. Die erzählen doch alle von Amerika! Kein Wunder, dass ich beim Lesen Sehnsucht bekomme, dahin zu reisen. Die Romane wecken das Fernweh in mir. Ich habe die Umrisse von Nordamerika gemalt und einen Indianer im Federkopfschmuck. Da will ich hin, nach Nordamerika, irgendwann im Leben. Darf aber keiner wissen. Wir sollen ja lernen, dass die Amerikaner böse Imperialisten sind.

Am Freitag hat mich der Pioniervorsitzende kontrolliert. Mein Freund! Er hatte Gehilfen dabei, damit sie mich festhalten, falls ich abhauen wollte. Tut mir leid, hat er gesagt, und hat mich traurig angesehen. Genauso gut hätte er sagen können: Pflicht ist Pflicht. Sie haben meinen Ranzen durchsucht. Den Löschpapierblock hatte ich zum Glück am Abend vorher zu Hause ausgepackt.

Michael ist auf dem Wasser gestorben. Ich stelle ihn mir vor, wie er in den Elbfluten untergeht. Aber das ist Unsinn. Die anderen im Boot haben ihn sicherlich ans Ufer gerudert. Hätte man ihn nicht wiederbeleben können? Hatten die da keine Krankenwagen? Ich meine, bei Sportwettkämpfen, da muss es doch Krankenwagen geben!

Auf dem Löschpapier steht in millimetergroßen Buchstaben der Name eines Mädchens, in das ich verliebt bin. Ich würde sie nie ansprechen, dafür bin ich zu schüchtern, und was soll ich ihr auch sagen? Ich beobachte sie nur auf dem Schulhof und freue mich, dass es sie gibt. Meine Liebe ist zart, eine gläserne Rose oder eine Schneeflocke, ja, eine Schneeflocke, das ist es. Wenn ich den Namen des Mädchens aufschreibe, dann sehe ich das Gesicht einer Fee, höre eine weiche Stimme und sehe ihre Schritte und ihr Lächeln. Ich schreibe den Namen wie ein Geständnis aufs Löschpapier, in winzigen, kaum lesbaren Buchstaben, damit es mein Banknachbar nicht sieht. Irgendwie tröstet es mich, ihren Namen zu schreiben.

Manche brüllen ihre Liebe in die Welt. Das sind eben Goldgräber, die selbst staunen, dass sie etwas gefunden haben, und die um ihr Nugget herumtanzen, als könnten sie es dadurch größer machen. Für mich sind ameisengroße Buchstaben auf Löschpapier das Äußerste.

Ich glaube, die Seelen bilden keine Wolken im Himmel. Sie sind eher wie Löschpapier. Alles, was mich ausmacht, finde ich auf meinen Löschpapierseiten. Die Gewaltträume, Amerika, der Name des Mädchens. Wir haben alle in uns drin einen Löschpapierblock und zeichnen darauf und schreiben hin, was uns wichtig sein soll. Das Löschpapier in der Brust – das ist so etwas wie der Fahrplan fürs Leben. Jeden Tag zeichnen wir unsere Entscheidungen auf lachsfarbene Seiten und bestimmen damit, wer wir sein wollen.

Löschpapier. Heißt das, dass wir nach dem Tod verschwinden? Michael gibt es jetzt nur noch auf den Fotos seiner Familie. Er kriegt dieses Jahr kein Zeugnis. Im Klassenbuch werden die Lehrer seinen

Namen durchstreichen, und irgendwo im Amt schreibt jemand auf eine Karteikarte: verstorben. Seine Strümpfe zieht keiner mehr an. Sein Bett, sein Stuhl, sein Fahrrad – was wird damit? Die Spuren, die er auf der Welt hinterlassen hat, werden nach und nach verschwinden.

Ich schreibe „Gott“ auf mein Blatt. Gott vergisst Michael nicht. Er weiß alles über ihn, nicht eine Sekunde seines Lebens ist ihm entgangen. Gott weiß, wie sein erster Schrei geklungen hat, als er auf die Welt kam. Gott kennt jeden seiner Gedanken, seine Ängste, seine Hoffnungen. Er weiß, was Michael im Boot auf der Elbe dachte, als es in seiner Brust zu schmerzen begonnen hat. Und er hält es aus, das zu wissen.

Ich darf in der Schule nicht erwähnen, dass ich in der Bibel lese, aber ich hoffe heimlich, dass es wahr ist, was ich darin gelesen habe: dass Gott einen toten Menschen wieder lebendig machen kann und dass er die Ewigkeit nicht aus Grausamkeit in unser Herz gelegt hat (damit wir merken, wie schlimm der Tod ist), sondern weil er sie uns schenken will, eines Tages.

Für Michael, der in der Schule hinter mir saß und nach einem Ruderwettbewerb auf der Elbe einen leeren Stuhl hinterließ.

Titus Müller, Jahrgang 1977, studierte Literatur und Geschichte in Berlin. Er schreibt historische Romane (zuletzt erschien „Die Jesuitin von Lissabon“).

Vertraust du mir?

Es ist wie in einem Traum: Ich sehe mich in einem Zimmer. Einem Wohnzimmer. Links unter dem Fenster steht ein gemütliches Sofa. Davor ein kleiner Tisch mit frischen Blumen in einer Vase. An der Wand hängen Bilder von meiner Familie, von Freunden, von besonderen Momenten. An der rechten Wand steht ein Schrank.

Ich sehe mich in diesem Zimmer und weiß, dass dieses Zimmer mein Leben ist. Es gibt diese schönen, offensichtlichen Dinge und diesen Schrank. Ich weiß, was in diesem Schrank ist, aber ich öffne ihn nicht sehr oft und schaue mir selten alle Dinge an. Und wenn ich es tue, ist der Schmerz sehr groß.

Ich bekomme Besuch. Ich bin verabredet. Ich möchte mit Jesus sprechen, so wie ich es gewohnt bin. Ich lasse ihn herein, wir setzen uns auf das Sofa. Er fragt mich, wie es mir geht, und ich plaudere von meiner Familie. Von Dingen, die gerade passiert sind. Mein Blick fällt auf die schönen Blumen, und ich erzähle Jesus, wie sehr ich die Natur und die Schönheit der Pflanzen liebe, dass sie mich an Gottes Schöpfung erinnern und ich ihm dafür danken will. Der Gedanke an die Schöpfung führt mich zu Gottes Liebe und der seines Sohnes. Und ich danke Jesus dafür, dass er für mich gestorben ist. Ich bin fröhlich, fast euphorisch. Ich spreche mit Jesus über Dinge, die in den nächsten Tagen auf mich zukommen, und spüre, er hört zu.

Dann bin ich fertig. Ich erwarte, dass er aufsteht und geht. Ein bisschen unsicher sitze ich da und warte. Ich schaue Jesus an – die Blumen – dann wieder ihn. Er sieht mich an.

„Was bewahrst du in diesem Schrank auf?“, fragt er.

Ich schaue hinüber, weiß nicht so recht, was ich antworten soll. „Verschiedenes“, lautet meine Antwort.

„Möchtest du es mir zeigen?“

Meine Gedanken rasen, mein Gesicht bleibt unberührt. *Wieso nicht?*, überlege ich, *er ist doch Herr über mein Leben.*

„Nein!“, schreit es in mir. Ich möchte diesen Schrank nicht öffnen. Ich kann es nicht. Darin hat gerade alles seinen guten Platz gefunden.

„Interessiert es dich? Wirklich?“, frage ich vorsichtig.

„Ja“, lautet seine schlichte Antwort.

„Na dann“, entgegne ich schleppend und erhebe mich langsam vom Sofa. Noch unsicher, gehe ich auf den Schrank zu.

Er steht auf und folgt mir. Vor der geschlossenen Tür bleibt er stehen. Die Hand ist auf halbem Weg zum Griff, als er fragt: „Darf ich?“

Und ich spüre, seine Frage will mich nicht drängen, keine Erlaubnis erzwingen, er will meine Zustimmung. Mein Herz hämmert, mir fällt das Atmen zunehmend schwerer. *Er weiß doch, was darin ist,* denke ich und nicke langsam.

Er öffnet die Tür und tritt einen Schritt zurück. Sein Blick ruht auf mir.

Wozu bin ich bereit? Ich schaue zu ihm: „Über manches haben wir noch nie gesprochen."

Er nickt. „Vertraust du mir?"

Jetzt nicke ich langsam, noch nicht sicher, worauf ich mich einlasse. Mein Blick gleitet über den Inhalt des Schrankes, bleibt hier und da hängen, gleitet weiter. Ich strecke meine Hand aus und nehme etwas heraus. Einen Ball.

„Mit diesem Ball habe ich ein Fenster eingeworfen", sage ich mehr zu mir als zu ihm. „Ich habe es nie zugegeben." Ich sehe ihn an, versuche, mich innerlich aufzurichten, blicke fast herausfordernd. „Ich war acht Jahre alt." Was wird er sagen?

„Gibst du ihn mir?", fragt er, und in seinen Augen finde ich keinen Spott, keine Anklage, kein falsches Mitgefühl. „Gibst du ihn mir? Du verwahrst ihn schon so lange."

„Willst du ihn wirklich?" Ich zögere. Seltsam, wie schwer es mir fällt, ihm zu glauben.

Seine Antwort klingt vertrauenerweckend: „Ja! Dafür bin ich gekommen."

Ich gebe ihm den Ball. Er hält ihn fest. So viele Jahre habe ich ihn in meinem Schrank versteckt, habe ihn nie vergessen.

Erleichterung durchströmt mich, als mein Blick wieder in den geöffneten Schrank fällt. Auch er sieht hinein. Meine Gedanken wandern zu Dingen, mit denen ich mich nicht gerne beschäftige, die mich aber nicht loslassen. Ich greife nach einem Bilderrahmen. Aus Holz ist er, ein Foto darin.

„Sie war eine Freundin von mir." Das Wort „Freundin" klingt bitter. Bitter sind auch meine Erinnerungen an sie.

„Gibst du sie mir?" Ich werde aus meinen Gedanken gerissen.

Die Erinnerungen abgeben? Den Schmerz zurücklassen? Ihr vergeben? Sie freigeben? Der Schmerz überrollt mich und Tränen schießen mir in die Augen. „Sie hat mir so wehgetan! Sie hat so viel in mir kaputt gemacht!" Zu meinem Schmerz gesellt sich Wut. Ich sehe ihn an.

„Ich weiß!", ist seine Antwort. Und ich sehe ihm an, dass er meinen Schmerz kennt.

„Es tut so weh." Fast rufe ich es.

„Ich weiß", sagt er auch diesmal. Und ich weiß, dass er es weiß. Er kennt es. „Dafür bin ich gekommen." Wieder dieser Satz.

Von mir sehe ich zu ihm. Von meinem Leben zu seinem. Dafür ist er gekommen. Dafür ist er gestorben. Der Gedanke treibt mir die Röte ins Gesicht. Doch in seinem finde ich keinen Vorwurf. Nur Zuspruch. „Vertraust du mir?"

Ja. Ich will. Ich gebe ihm den Bilderrahmen. Wohl wissend, dass ich damit auch meinen Groll abgeben will. Meinen Groll, meine Wut auf sie. Dass ich ihr aber auch Macht über mich entziehe. Es fühlt sich an, als würde ein Teil meines Herzens wieder zum Leben erwachen, als würde aus Stein wieder Fleisch.

„Was ist das?", höre ich da seine Stimme.

Ich folge seinem Blick. Dort liegt ein Stein. Ich fühle mich ausgelaugt. Dieser Stein steht für einen anderen Menschen, und ich weiß, dass ich noch nicht bereit bin, ihm zu vergeben, noch nicht bereit bin loszulassen.

„Ich kann nicht! Ich will nicht. Ich fühle mich so müde." Ehrlich sind meine Worte, aber nicht rühmlich.

Doch er nickt. „Darf ich wieder danach fragen?"

Meine Augen füllen sich mit Tränen. Ich schniefe geräuschvoll und nicke. Ich sehe meine Unvollkommenheit und weiß, er sieht sie auch.

Dafür bin ich gekommen, hallt es in mir wieder.

„Ich freue mich über dein Vertrauen. Gut, dass du mir von diesen Dingen erzählt hast."

„Kommst du wieder?", frage ich und spüre, dass ich ein Nein nicht ertragen könnte.

Ein Lächeln tritt auf sein Gesicht: „Wenn du es willst! Du bist mein geliebtes Kind. Nichts kann dich von meiner Liebe trennen."

Er nimmt den Ball und den Rahmen mit. Diese Schuld ist bezahlt. Dankbar schließe ich die Tür des Schrankes. Dankbar für die Dinge, die er mitgenommen hat. Wohl wissend, dass wir noch nicht fertig sind.

Christine Schlachter ist 32 Jahre und lebt mit ihrem Mann und ihren drei Töchtern in Würzburg. Sie entspannt sich beim Lesen, guten Gesprächen und kreativen Arbeiten.

Von Wunden und Wundern

Es war an einem Samstagmorgen. Meine Schwester hatte bei mir übernachtet und half mir, mich fertig zu machen. Haare, Make-up – das alles braucht seine Zeit und wir waren gestresst. Hinzu kam, dass ich nervös war. In unserem Entlassgottesdienst spielte ich bei einem Sketch mit, in der Aula sollte ich vor der Zeugnisverleihung ein Klavierstück vortragen und abends stand noch mein Auftritt mit der Abiband an. Nicht zu vergessen der wichtigste Teil des Tages: die Zeugnisübergabe.

Während meine Schwester mir gerade die Haare hochsteckte, kam mein Vater ins Zimmer. Ich habe vergessen, was er wollte – es war offensichtlich nichts Wichtiges –, und er verließ das Zimmer wieder. Kurze Zeit später war er jedoch erneut wieder da.

„Macht es dir etwas aus, wenn ich nicht zu deiner Abifeier komme?“

Die Frage versetzte mir einen Schock. Mein Vater ist kein Freund von Partys und auch kein geselliger Typ. Daher war ich schon davon ausgegangen, dass er nicht zum abendlichen Abiball kommen würde. Aber nicht zu der Zeugnisvergabe? Für unsere Großfamilie ist der Zusammenhalt an solchen Festtagen immer wichtig gewesen. Und sein Verhalten verstand ich nicht. Ich fragte nach dem Grund. Er druckste herum. Er habe sich gestern beim Fußball verletzt. Er habe noch einiges zu tun. Und er habe das doch bei meinen vier älteren Geschwistern schon alles erlebt.

Das verletzte mich. *Warum hast du mich dann in die Welt gesetzt? Warum hast du fünf Kinder in die Welt gesetzt, wenn es dich doch sowieso nicht interessiert?*, dachte ich mir. Natürlich wollte ich meinen Vater dabeihaben! Aber ich war zu stolz, um ihm das zu sagen.

Mein Verhältnis zu meinem Vater war noch nie gut gewesen. Seit ich vor einem knappen halben Jahr angefangen hatte, meinen eigenen Weg zu gehen und nicht immer das zu tun, was er von mir wollte, hatte sich unser Verhältnis noch weiter verschlechtert.

Doch das war jetzt kein alltäglicher Streit. Ich verstand einfach nicht, warum er sich so wenig für mich interessierte, warum er nicht mitkommen wollte. Aber kurze Zeit später sollte ich den wahren Grund erfahren.

Ich sagte ihm, dass er es selber wissen müsse. Ich würde ihn sicherlich nicht dazu zwingen, zu meiner Abiturfeier zu kommen. *Entweder du liebst mich, interessierst dich für mich, dann kommst du auch zu meiner Feier. Oder du liebst mich nicht, dann bleib halt zu Hause.* Das dachte ich mir, sprach es aber nicht aus.

Kurze Zeit später hörte ich, wie mein Vater und meine Mutter unten im Flur diskutierten. Meine Mutter wollte, dass mein Vater mitkam. Ich hörte, wie mein Vater aufgebracht „Die sieht ja aus wie ein Weihnachtsbaum" rief. Da lag also der Hund begraben.

Schminke? Gestylte Haare? Schmuck? Das war Sünde. Und es gefiel meinem Vater nicht. Dabei hatte ich extra ein Kleid ausgewählt, das nicht zu aufreizend war.

Später behauptete mein Vater, er hätte mich gar nicht in dem Kleid gesehen. Er hätte nur durch irgendetwas einen schwarzen BH durchblitzen sehen.

Macht das einen Unterschied? Ich habe versucht, mit ihm darüber zu diskutieren, als er sich später dafür entschuldigte, dass er nicht mitgekommen sei. Hätte er mich in diesem Kleid gesehen, wäre er natürlich mitgekommen.

„Du musst mich doch lieben, egal, wie ich aussehe. Für mich da sein, egal, was ich tue oder trage!“ Das ist meine Logik.

Die Logik meines Vaters sieht anders aus: Es gibt Dinge, die einfach Sünde sind. Aufreizende Kleider, Schminke, Schmuck. Ein Freund, „schlechte“ DVDs, Jeans. Weltliche Musik, christliche Rockmusik. Die Liste ist endlos.

Als Familienvater trägt er Verantwortung vor Gott. Deswegen muss er uns Kinder davon abhalten, solche Dinge zu tun, anzuschauen oder zu tragen. Er darf uns also auch nicht unterstützen, wenn wir „das Falsche“ tun. Er muss uns stattdessen dazu bringen, das Richtige zu tun. Wie er das durchsetzt, ist ganz einfach: Liebesentzug.

Erpressung könnte man sein Verhalten auch nennen: „Wenn du die Dinge so machst, wie ich das will, wie ich sie für richtig halte, wenn du meinen Weg gehst, dann bekommst du meine Liebe, mein Interesse, dann bin ich für dich da. Wenn du den Jungen heiratest, den ich gut finde, nur dann bekommst du meinen Segen. Wenn du weiterhin Kontakt zu deinem Verlobten hast, wirst du niemals meinen Segen bekommen." So war das bei meiner Schwester. Sie hat bis heute nicht geheiratet – weil wir alle den Segen und die Liebe unseres Vaters haben wollen. Niemand kommt ohne aus.

An jenem Abend erzählte ich zum ersten Mal einigen Leuten davon, welche Probleme ich mit meinem Vater habe. Ich hatte es bis dahin vor vielen Freunden verheimlicht, weil ich meinen Vater schützen wollte. Und weil ich mir einredete, das sei alles gar nicht so schlimm.

Aber ich war verletzt. Ich *bin* verletzt. Als die Band beim Abiball das Lied „Junge" von den Ärzten spielte, brüllte ich mit: „… und wie du wieder aussiehst …" Ich hätte am liebsten laut geheult.

Das ist meine Wunde – ein Vater, der keiner ist.

Zum Glück habe ich noch einen Vater und der schenkt Wunder.

Und, nein, mein Verhältnis zu meinem Vater hat sich nicht gebessert. Ich warte noch heute darauf, dass er irgendwann aufwacht und seine Doktrin aufgibt. Ob das jemals passiert, weiß ich nicht. Ich versuche, es zu akzeptieren.

Was sind eigentlich Wunder? Dinge, die der Mensch nicht versteht. Die er nicht beschreiben kann. Die plötzlich und ganz unverhofft auftauchen. Es kann auch die Geburt eines Babys sein. Oder der Sonnenschein nach dem Regen.

Bei mir war es ein Freund. Jemand, der mir alles gibt, was ich brauche. Der wie ein fehlendes Puzzlestück mein unvollkommenes Puzzle ergänzt.

Und wenn ich nun die Geschichte erzähle, wie wir uns kennengelernt haben und was unsere Freundschaft ausmacht, kann man leicht auf den Gedanken kommen, es handele sich um eine Liebesbeziehung. Das hat mich selbst lange Zeit verwirrt und ich habe mir oft Sorgen gemacht. *Darf ich so eine Freundschaft haben? Was werden die Leute denken? Ist vielleicht doch mehr im Spiel, als wir uns eingestehen wollen?*

Mein Freund ist nämlich 17 Jahre älter als ich. Er ist verheiratet. Und zu dem Zeitpunkt, als alles anfing, war er mein Lehrer.

Wir hatten näher miteinander zu tun, als ich meine Facharbeit schrieb und deswegen mit ihm viele Beratungsgespräche führte. Während dieser Zeit kamen wir auf Leistungsdruck, Familie und Geschwister zu sprechen. Schon damals dachte ich mir: *Wow, er könnte ein Seelenverwandter sein!* So etwas hatte ich noch nie erlebt – dass ich jemandem so ähnelte. Aber aus den oben genannten Gründen verwarf ich diesen Gedanken schnell. Als Schülerin hat man nicht viel Kontakt zu seinem Lehrer und alles andere wird von der Umwelt misstrauisch beäugt.

Dann half er mir bei meinem Bewerbungsschreiben. Bei einem Kurstreffen blieb ich mit zwei Freundinnen bis drei Uhr nachts bei ihm zu Hause, und wir unterhielten uns so gut, dass wir kaum gehen wollten. Wieder war ich beeindruckt. Konnte es wirklich sein, dass mir jemand so ähnlich war?

Ich sehnte mich richtig nach Kontakt zu ihm. Wollte verstanden werden, wollte das erfahren, was ich durch meinen Vater kaum erfahren konnte. Irgendwann gab ich ihm die Adresse zu meinem Blog. Ich dachte, dass er das eh nicht lesen würde. Aber auch ich hatte ihn beeindruckt. Er war gespannt. Was war das für ein Mädel, das ihm so ähnlich war? Trotz des Altersunterschiedes?

Er meldete sich bei Facebook an, um noch mehr über mich herauszufinden, und kam sich dabei schon ganz schön dämlich vor. Ein Lehrer, der seine Schülerin googelt? Ein ziemlicher Klassiker. Aber dennoch war irgendwie alles anders. Und obwohl ich noch immer zweifelte, antwortete ich ihm auf die Nachrichten, die er mir schrieb. Es entwickelte sich ein richtiger Nachrichtenfluss: Ich hielt ihn auf dem Laufenden, was so in meinem Leben passierte, er schrieb mir, was in seinem Leben abging. Aber so richtig ehrlich über meine Familienprobleme konnte ich zu dem Zeitpunkt noch nicht schreiben.

Das änderte sich an Weihnachten, als meine Schwester ihre Verlobung bekannt gab und die Probleme zu Hause erst richtig anfingen. Mein Vater verbot dem Freund meiner Schwester, das Haus zu betreten. Meine Schwester war am Boden zerstört und ich mit ihr. Ich verstand die Welt nicht mehr.

Wenn man doch versuchte, alles richtig zu machen und auf ihn zuzugehen, warum kam dann nur Ablehnung und pure Gesetzlichkeit?

Bei einem Krisengespräch heulte ich wie verrückt und sagte zum ersten Mal, dass ich von zu Hause ausziehen wolle. Natürlich hatte ich da als Zufluchtsort das Haus meines neuen Freundes im Hinterkopf. Aber es kam nicht so weit; die Gemüter beruhigten sich wieder.

Trotzdem erzählte ich ihm von meinen familiären Problemen und versuchte, ihm die Denkweise meines Vaters klarzumachen. Es dauerte lange, bis er es nachvollziehen konnte, aber irgendwann konnte er auch mich dadurch viel besser verstehen.

Er half mir, aus dem Denkmuster meiner Eltern auszubrechen. Von meinen Eltern unabhängig zu werden. Meinen eigenen Weg zu gehen. Er hat mir Zuflucht geboten, wenn ich von zu Hause wegwollte. Viele Nachmittage habe ich bei ihm und seiner Frau verbracht, die mitfühlend auf meine Probleme reagierte. Natürlich erzählte ich das kaum jemandem, denn sicherlich hätten meine Schulkameraden unsere Freundschaft falsch interpretiert.

Wie soll man das auch verstehen? Ich weiß selbst nicht, wie ich unsere Beziehung am besten beschreiben kann.

Er ist ein Vaterersatz, gibt mir Geborgenheit. Er ist ein Gegenüber zum Diskutieren. Er ist Anregung und Motivation, macht mir Mut. Und trotz des Altersunterschiedes beruht unsere Freundschaft auf

Gegenseitigkeit – auch ich kann ihm Mut machen und für ihn da sein.

Wir nennen uns gegenseitig „Soulmate“, weil wir uns gegenseitig in unseren Seelen wiederfinden. Ich hätte nie geglaubt, dass es so etwas geben kann.

Es ist ein Wunder.

Lea Forst ist 20 Jahre alt und genießt es, in ihrer ersten eigenen Wohnung zu leben. Sie steht auf Bücher und Musik und findet vor allen Dingen Gott unbeschreiblich gut.

Es gibt Tage

Es gibt Tage, da weiß ich nicht weiter.
Es gibt Tage, da weiß ich nicht, wohin mit meinen Gefühlen.
Es gibt Tage, die wirklich nicht sein müssten.
Es gibt Tage, da bin ich innerlich total fertig.
Es gibt Tage, da will ich meine Gefühle einfach abstellen.
Es gibt Tage, da brauche ich dich mehr als alles andere.
Es gibt Tage, da bin ich völlig deprimiert.
Es gab Tage, es gibt Tage,
und es wird immer Tage geben,
an denen ich nicht weiterweiß.

Aber eins weiß ich:
Gott ist bei mir und erst recht an diesen Tagen.

Jan P. Heußner ist 25 Jahre alt, studiert Informatik in Kassel und arbeitet freiberuflich in einer Medienagentur.

Schmetterling

Es war früher Morgen. Ich stand gerade in meinem Zimmer und blickte gedankenverloren aus dem Fenster, als die Tür meiner Wohnung sich öffnete und meine große Schwester Billy hereinkam.

„Anna ist tot!", schluchzte sie.

„Was, Anna? Das kann nicht sein! Meinst du wirklich unsere zweijährige Nachbarin Anna?!"

Ich war fassungslos, konnte nicht weinen. Ich betete sofort zu Gott und klagte ihn an, flehte darum, dass ich aus diesem Albtraum aufwachen würde, doch nichts passierte. Es war wahr. Unsere fröhliche Anna mit dem schelmischen Grinsen und den kornblumenblauen Augen war bei einem Unfall gestorben.

Noch am selben Tag besuchte ich ihre Eltern und Geschwister. Sie waren total aufgelöst. Es war, als hätte jemand ein hässliches schwarzes Loch in unsere Herzen gerissen, das nie heilen will.

Trotz des entsetzlichen Schmerzes ging das Leben weiter, und so kam es, dass ich wenige Tage später weinend in eine Kirchenbank gequetscht dasaß und zuhörte, wie ihre Eltern unter Tränen Annas Segnungspsalm vorlasen: „Stiege ich in den Himmel hinauf – du bist da! Wollte ich mich im Totenreich verbergen – auch dort bist du!“ Langsam begann sich in meinem Innern ein Teil der Last zu lösen: Anna war auch jetzt nicht allein.

Nach dem Trauergottesdienst wurde der kleine weiße Sarg zu den Kindergräbern getragen. Auf dem Holzkreuz, das schon bereitstand, war ein Schmetterling gemalt, den ich für ein sehr schönes Symbol hielt. Richtige Freude überkam mich aber am nächsten Sonntag im Gemeindegottesdienst, als ich denselben Schmetterling auf einem Gemälde entdeckte, das eine ehemalige Jahreslosung zeigte: „Siehe, ich will ein Neues schaffen, jetzt wächst es auf, erkennt ihrs denn nicht?“, stand dort.

Anna musste uns verlassen, aber ihr Tod war dennoch nicht umsonst. Jesus hat nur einen anderen Plan für sie und auch aus unserem Schmerz wird er etwas Gutes, etwas Neues machen.

Katie Müller (Pseudonym) ist 19 Jahre alt, lebt mit ihrer Familie am Rande des Schwarzwaldes und liebt es, die Schönheit der Natur zu genießen. Sie hat schon als kleines Mädchen gerne Geschichten geschrieben.

Der Weg und die Wahrheit und das Leben

Plötzlich bildete sich ein Knoten in meinem Magen und das eben noch fast befreiende Gefühl verflog. Früher war ich so theatralisch gewesen, die Klinge nach dem Schnitt entsetzt auf den Boden fallen zu lassen, doch inzwischen behielt ich das kühle, dünne Metall in der Hand. Ich betrachtete es voll Abscheu, während sich immer mehr Blut aus den langen Schnitten auf meinem rechten Oberschenkel sammelte. Die Schnitte waren fast parallel, nur gegen Ende hatte ich die Kontrolle verloren und einen zu tiefen Schnitt quer durch die anderen gesetzt. Sie brannten schon jetzt grässlich, obwohl sich mein restlicher Körper taub anfühlte. Tränen liefen mir die Wangen hinab, ich fühlte mich allein. Ich wollte in den Arm genommen werden. Wollte geliebt werden, in diesem Moment, in dem ich mich nicht selbst lieben konnte, doch mein Weg führte mich nur in mein Zimmer, wo ich mein Bein notdürftig verband.

Für den Abend hatte mich eine Freundin in einen Jugendgottesdienst eingeladen. Ich war mir zunächst nicht sicher gewesen, ob ich wirklich hingehen wollte, doch irgendetwas brachte mich schließlich dazu, mir keine Ausrede einfallen zu lassen, sondern einfach dort aufzutauchen. Es war ja nicht so, dass ich nicht an Gott glaubte. Nein, eigentlich war ich mir sogar sicher, dass es ihn gab. Aber allein fühlte ich mich trotzdem. Vielleicht war es die Hoffnung, die mich aus meinem Zimmer zog.

Als ich dann auch noch in der ersten Reihe saß, fühlte ich mich erst recht unwohl. Schon zuvor hatte ein Freund bemerkt, dass ich mir immer wieder über meinen Schenkel rieb, woraufhin ich irgendeine Ausrede murmelte. In Wirklichkeit versuchte ich, die stechenden Schmerzen zu unterdrücken, die ich mir selbst zugefügt hatte. Wieder kochte Selbsthass in mir hoch. Ich war doch ein Geschöpf Gottes; ich hatte nicht das Recht, mich selbst zu verletzen.

Der Prediger an diesem Abend riss mich mit und vermochte, mich von meinen Sorgen abzulenken. Er redete davon, dass Jesus der einzige Weg zu einem wirklich erfüllten Leben sei. Er meinte, es habe keinen Sinn, sein Glück auf dem Feld des Erfolgs zu suchen oder dem Feld der Liebe oder dem Feld von sonst etwas – und ich fühlte mich davon angesprochen. Mir war zwar klar gewesen, dass Jesus der Weg und die Wahrheit und das Leben ist, doch immer wieder hatte ich versucht, selbstständig meinen Weg zu gehen und ein erfülltes Leben zu führen. So hatte ich mich einige Monate zuvor Hals über Kopf mit irgendeinem Kerl in einer Disco eingelassen, war viel zu weit mit ihm gegangen, und schließlich dauerte es nur Wochen, bis wir erst kaum noch und dann gar keinen Kontakt mehr hatten. Erst an diesem Morgen hatte er sich überraschend bei mir gemeldet und mir erzählt, dass er mit seiner neuen Freundin zusammengezogen war. Er hatte sich so glücklich angehört. Der Gedanke an sein Glück war mir unerträglich gewesen, er schnürte mir die Kehle zu, das Herz. Es tat immer noch weh, ich kam mir immer noch benutzt vor.

Schließlich forderte uns der Prediger auf, unser Leben Jesus anzuvertrauen, entweder um den Bund mit ihm zu erneuern oder um ihn das erste Mal zu schließen – wenn wir es nur wollten. Da schloss ich die Augen. Ich fühlte mich überfordert, wusste nicht, ob ich ihm wirklich mein Leben anvertrauen konnte. Aber was hatte ich denn zu verlieren? Immer wiederkehrende Krisen, in denen ich zur Klinge griff, in denen ich nicht weiterwusste, wurden abgelöst von Hochphasen, die nach kurzer Zeit wieder vorbei waren. Die Frage war nur, ob Jesus mich wollte. Wollte er mein Leben, in dem ich schon so viel Sünde getan hatte? Wollte er mich, die immer nur davon redete, an ihn zu glauben, die das vielleicht auch tat, aber nicht danach lebte? Wollte er mich, die ihn nicht einmal spüren konnte?

In diesem Augenblick fühlte ich Wärme auf meinem Gesicht und meinen Händen, eine unbeschreibliche Wärme. Der Prediger fragte uns, ob wir Jesus fühlten, ob er vielleicht gerade unser Gesicht berührte oder unsere Hände. Seine Worte brachten mich zum Lächeln. Ich spürte es so deutlich: Jesus war da, mitten unter uns. Er umhüllte mich mit seiner Liebe, die grenzenlos schien, er nahm mir für diesen Moment all meine Schmerzen, all meine Zweifel. Und ich legte mein Leben in seine Hand, auf dass er mich zu einem besseren Menschen machte, auf dass er mir beistand, auf dass ich mich nicht mehr allein fühlte.

Die Narben an meinem Oberschenkel sind geblieben, genau wie der Zweifel, der mich von Zeit zu Zeit heimsucht. Doch jetzt weiß ich, dass ich nur Jesus vertrauen muss. Er lässt mich nicht im Stich. Die Klinge bleibt in ihrer Schublade. Noch vor ein paar Monaten hätte ich gedacht, es müsse ein Wunder geschehen, damit ich davon loskommen könnte. Dieses Wunder geschah. Es geschah, obwohl meine Wunden noch frisch waren, obwohl ich voller Sünde war.

Jean C. M. Kristensen (Pseudonym) wurde 1991 in Bayern geboren und ist Abiturientin des Jahrgangs 2010. Bereits im Grundschulalter hat sie mit dem Verfassen von Gedichten begonnen. Mittlerweile schreibt sie vor allem Kurzgeschichten und Romane.

Meine Geschichte als Rollstuhlfahrer

Ich wurde am 05.02.1980 in Gera völlig gesund – nur etwas klein, sehr lebhaft und mit riesigen Füßen – geboren. In dem Zimmer meiner Mutter lag noch eine Frau, deren Sohn am selben Tag geboren wurde. Da die Ehemänner ihre Frauen immer nur recht kurz sehen durften, verbrachten sie stattdessen viel Zeit miteinander. Hinzu kam, dass alle recht nah beieinander wohnten. Es entstand eine tiefe Freundschaft. Damals stand Gera in Thüringen noch unter kommunistischer Führung und war ein Teil der DDR.

Der Staat bewies schon damals seine Macht, indem er kurz nach meiner Geburt meinen Vater für eineinhalb Jahre zur Armee schickte.

Zu dieser Zeit kannte ich Gott noch nicht, meine ersten Begegnungen mit ihm waren, als ich bei meinen Großeltern Gutenachtgebete sprach.

Ab meinem 3. Lebensjahr konnte man mir plötzlich die Schuhe im Gehen binden. So hatte ich mich in den ersten Jahren ausgepowert! Als ich in den Sommerferien zum ersten Mal in ein Ferienlager fuhr, bekam ich sofort Heimweh. Obwohl ich weder gut noch gerne schrieb, schickte ich folgende Zeilen an meine Mama:

Liebe Mutti, ich bin gut angekomen, ich war schon barten es ist schön wir. Waren schon 2 mal barten.

Das weter ist warm. Wir waren schon 2 mal rrutern file krüse an Torsten Farti und Mutti.

Da in der DDR der Sport sehr wichtig war, ich aber ziemlich unsportlich war, bekam ich immer nur Vieren, bis mir mein Onkel versprach, bei einer Drei mit mir angeln zu gehen.

Da mich Fechten sehr interessierte, ich jedoch zu jung dafür war, sah ich bei jedem Training zu, bis der Trainer es mich irgendwann auch mal probieren ließ. Als Linkshänder hatte ich gute Chancen, denn bevor die meisten Rechtshänder wussten, was los war, hatte ich sie schon getroffen.

Irgendwann beschlossen meine Eltern, aus der DDR zu fliehen, und da meine Oma als Rentnerin schon mehrfach in die BRD reisen durfte, wussten wir, dass wir in Hessen Verwandte hatten.

Nun wurde still und heimlich die Flucht vorbereitet. Meine Eltern konnten kaum mit jemandem darüber reden, da man nie wusste, wer zur Stasi gehörte.

Hätte die etwas mitbekommen, wären meine Eltern bestimmt ins Gefängnis und wir Kinder ins Heim gekommen.

Als wir im Sommer 1989 einen Urlaubsplatz in Ungarn bekamen, war das unsere Chance zu fliehen. Wir durften nur nicht zu viel Reisegepäck mitnehmen, denn sonst wäre aufgefallen, dass wir vorhatten, nicht wieder nach Hause zu kommen.

Schließlich war Ungarn schon damals ein relativ westlich angehauchtes Land und die Gefahr der Flucht kannte auch die Stasi. Deshalb wohnte eine Familie mit uns im Ferienhaus, die uns ziemlich überwachte.

Noch während des Urlaubs besorgten wir uns westdeutsche Reisepässe. Doch da zu der Zeit viele DDR-Bürger die Flucht über Ungarn planten, gab es da schon neutrale Orte (zum Beispiel Kirchen), an denen Botschaftsangehörige Pässe ausstellten. Wer so einen Pass hatte, war politischer Flüchtling und stand unter dem Schutz Ungarns.

Der Rest des Urlaubs verlief ruhig, doch am Ende mussten wir in einem Flüchtlingslager warten, ob die Ungarn uns DDR-Bürger nun in den Westen ließen oder nicht.

Nach schier endlosem Warten wurden dann doch die Grenzen geöffnet. Die Freude war groß, denn die Konsequenzen unserer Flucht wären ernsthaft gewesen.

Also ging es los: Mit unserem Wartburg fuhren wir durch Österreich, übernachteten im Flüchtlingslager bei Passau und erreichten schließlich Hessen.

Kurz vor der Raststätte Uttrichshausen hatten wir plötzlich kein Benzin mehr.

Wir kamen gerade noch auf den Parkplatz, doch nun brauchten wir Benzin für einen Zweitakter.

Zum Glück wohnte der Cousin meines Papas nur vier Kilometer entfernt, und er selbst hatte noch eine alte Maschine, die solches Normalbenzin brauchte.

Bei den Verwandten meines Vaters angekommen, wohnten wir zuerst bei ihnen im Haus, denn schließlich hatten wir ja außer unserem Wartburg, den Urlaubssachen und Begrüßungsgeschenken nichts mehr.

Wir bekamen jedoch von vielen Leuten Geschenke, und als meine Eltern wieder Arbeit hatten, konnten wir in Hattenhof zur Miete wohnen. Ich ging dann dort zur Schule und mein Bruder in den Kindergarten.

Dort hatte ich auch ausländische Freunde, die ich manchmal zu Hause besuchte.

Hier machte mir die Schule endlich richtig Spaß, denn der Sport wurde nicht so wichtig genommen wie in der DDR.

Eines Tages trafen wir unseren Freund aus Gera wieder, denn er arbeitete auf Baustellen im Westen.

Als sich dann einige Monate später die Grenzen zwischen Ost- und Westdeutschland endgültig öffneten, war die Freude riesig, da wir nun unsere Bekannten und Verwandten wiedersehen konnten.

Zu Ostern 1991, als wir in Gera bei meinen Großeltern waren, wurde mir morgens schwindelig, und ich hatte Gleichgewichtsprobleme. Eigentlich wollte ich noch bei meinen Großeltern bleiben, schließlich hatte ich ja Ferien, doch meine Eltern waren dagegen. Auf der Heimfahrt habe ich dann zum letzten Mal auf meinen Beinen gestanden und am See bei Eisenach Steine ins Wasser geworfen. Daheim lag ich noch bis Mittwoch mit starken Kopfschmerzen im Bett, bis wir schließlich zum Arzt gefahren sind. Der konnte nichts feststellen und schickte mich ins Krankenhaus.

Leider gab es damals in Fulda noch keinen Computertomografen, also musste ich nach Frankfurt gefahren werden. Während dieser Fahrt kam es zu einer zweiten, schlimmeren Blutung, durch die ich kurz klinisch tot war.

Gott sei Dank wurde ich sofort mit Sauerstoff versorgt, deswegen habe ich keine Gedächtnisverluste.

In Frankfurt wurde ich dann notoperiert. Bei der OP wurde mir ein Loch in den Kopf gebohrt und die angesammelte Flüssigkeit spritzte über einen Meter weit. Normalerweise hat man im Kopf einen Druck von zehn, ich hatte jedoch mindestens einhundert. Schließlich wurde mir noch ein Shunt gelegt, damit die restliche Flüssigkeit vom Gehirn in den Bauchraum abfließen konnte.

Danach lag ich dann drei Monate im Koma, wobei ich künstlich ernährt und beatmet werden musste.

In dieser Zeit wurde meiner Mutter geraten, sich schon mal um einen Platz im Antonius-Heim für mich umzusehen, denn wenn ich überhaupt wieder aufwachen würde, dann höchstwahrscheinlich als schwerer Pflegefall. Für meine Eltern kam diese Möglichkeit allerdings gar nicht infrage.

Irgendwann lag dann ein Brief von meinen ausländischen Freunden im Briefkasten mit den Worten: „Sei ein starker Junge, Thomas."

Meine Mutter arbeitete schon damals im A-Heim, und als sie wieder zur Arbeit ging, merkten die Behinderten sofort, dass in unserer Familie etwas nicht stimmte. Sie fragten meine Mutter und sie konnte ihnen alles offen erzählen.

Nun beteten die Behinderten für mich und Gott erhörte es, denn er hatte wohl mehr mit mir vor. Das wurde mir sofort bewusst, denn hat er mir Ruhe und Geduld geschenkt.

Ich habe gleich gesagt, ich will leben, egal, wie.

Und während dieser kritischen Zeit lag die Oma, mit der ich schon als kleines Kind gebetet hatte, im Sterben und sagte: „Lieber Gott, nimm mich und lass den Jungen leben."

Als ich dann wieder stabiler war, wurde ich mit einem Rettungshubschrauber von Frankfurt zurück nach Fulda geflogen. In Fulda lag ich auf der Kinderintensivstation und dort habe ich allmählich wieder etwas von meiner Umwelt mitbekommen. Ich weiß noch, dass dort viele Babys waren, aber mein kleiner Bruder durfte nie zu mir.

Meine Eltern spielten mir zu dieser Zeit öfters Kassetten mit Alf-Geschichten vor und bei „Null-Problemo" hat sich mein Mund immer etwas verzogen. Die Ärzte meinten jedoch, es seien nur Zuckungen. Lediglich die Schwestern und Pfleger, die ständig mit mir zu tun hatten, merkten das auch.

Eines Tages zeigten mir Onkel und Tante ein Foto von mir als „feine Dame" zu Fasching und da reagierte ich ebenfalls. Einmal durfte mein Bruder an mein Fenster und da habe ich stark reagiert – vor Freude.

Aber der Clou war, als ich eine Ohrenentzündung hatte und immer auf mein Ohr zeigte. Meine Eltern informierten die Ärzte, die tatsächlich eine Entzündung feststellten. Meine Mutter gab mir Fußreflexzonenmassagen fürs Bewusstsein, und plötzlich begann ich, meinen Eltern, Onkel sowie Tante und Großeltern Fragen per Augenzwinkern zu beantworten.

Da war klar, dass ich wieder da bin und zur Reha muss. Leider wollte damals kaum eine Rehabilitationsklinik einen so schwachen Patienten, der noch ein Kind ist, aufnehmen. Als nun die Einwilligung der Klinik in Bad Godesberg kam, wurde ich dort hingeflogen.

Diese Klinik war zwar auch eher für Erwachsene gedacht, aber sie trauten sich trotzdem, mich aufzunehmen.

Irgendwann bekam ich eine Zeichentafel, auf der Buchstaben von A bis Z waren und mit der ich Worte bilden konnte. Mich ärgerte nur, dass ich nicht sagen konnte, wo ein Wort zu Ende war und wo das Neue anfing. Später bekam ich einen großen Laptop mit riesigen runden Tasten, die ich gut treffen konnte. Darauf beschrieb ich meiner Mutter genau, welches Spielzeug sie mir mitbringen sollte.

Obwohl ich früher Linkshänder gewesen war und sogar mit links Fußball gespielt hatte, musste ich nun vieles mit rechts machen, weil durch die Kleinhirnblutung meine linke Seite etwas schwächer geworden war.

Da ich durch viel Übung im Liegerollstuhl zur Krankengymnastik konnte und bald ein kleineres Schreibgerät bekam, konnte ich auch langsam anfangen, mittels Sprachkanüle sprechen zu üben: zuerst die Vokale, denn die sind einfacher zu formen als die Konsonanten.

Allmählich ging es aufwärts, und ich bekam einen richtigen Rollstuhl, der aber noch eine Kopfstütze hatte, denn dem Kopf fehlten noch Muskeln. Außerdem musste ich einen Beckengurt tragen, weil ich noch zu schwach war.

Nach weiteren Monaten des Trainings konnte ich endlich wieder normal im Rollstuhl sitzen, Gott sei Dank!

Eines Tages wurde ein weiteres Kind aufgenommen. Er kam in mein Zimmer und wir wurden gute Freunde. Manchmal übten wir gemeinsam sprechen, aber meistens sahen wir zusammen fern. Als er einige Buchstaben aussprechen konnte, begleitete ich ihn zur Sprachtherapie und wir trainierten gemeinsam.

Nach langer Zeit konnte ich wieder in die Schule gehen, wo mich aber Pfleger und Schwestern begleiten mussten. Schließlich musste ich noch künstlich ernährt und manchmal auch durch die Kanüle abgesaugt werden, da ich noch nicht husten konnte.

Während der ersten neun Monate in der Reha in Godesberg haben mich oft meine Großeltern und Eltern besucht und sind jedes Wochenende von Gera nach Godesberg und wieder zurückgefahren. Während der Besuche haben wir oft „Das verrückte Labyrinth" gespielt, wo man durch das Verschieben von Plättchen seinen Weg durch ein Labyrinth finden muss. Das Spiel war für mich ein gutes Training. Diese Besuche waren sehr wichtig für mich, besonders als ich im Koma lag. Viele meinten, ich bekäme nichts mit, doch das stimmt nicht – ich konnte es nur nicht zeigen. Als ich fitter war, wurde ich auf eine andere Station verlegt. Kurze Zeit später kam mein Freund nach.

Über Weihnachten war ich das erste Mal wieder zu Hause. Das war eine ganz andere Welt, vor der ich zuerst Angst hatte, denn ich konnte mir nicht vorstellen, wie ich zu Hause zurechtkommen sollte.

Doch die Zeit zu Hause war so toll, dass ich daraufhin in der Reha riesiges Heimweh bekam. Zum Glück wurde ich nach dreizehn Monaten endgültig entlassen.

Jedoch war davor noch mein 12. Geburtstag. Zu der Zeit konnte ich noch nicht eigenständig essen, also bekam ich eine Torte aus Wachs, die man anzünden konnte.

Bei uns zu Hause gibt es jeden Sonntag Frühstückseier, und die wollte ich unbedingt auch mal wieder essen, anstatt der Ernährung durch den Schlauch direkt in den Magen. Also musste ich üben.

Allerdings musste ich feststellen, dass einige meiner früheren Freunde mit der Behinderung nicht klarkamen und mich verließen.

Da meine Eltern beide arbeiten gingen, musste hin und wieder jemand anderes für mich da sein.

Zum Glück gab bei uns im Dorf eine ehemalige Kinderkrankenschwester, die mich versorgte, wenn meine Eltern nicht da waren.

Da ich ja schulpflichtig war, musste (und wollte!) ich auch wieder zur Schule. Leider gab es nur die Möglichkeit, dass ich ins Internat gehe, denn für eine Sonderschule war ich zu schlau. Doch ich war durch die Krankenhausaufenthalte schon so lange von zu Hause weg gewesen, dass ich eine weitere Trennung psychisch nicht verkraftet hätte.

Also bekam ich zunächst Privatunterricht von einigen Lehrern aus meiner Realschule in Neuhof. Gleichzeitig kämpften meine Eltern mit dem Schulamt um eine Lösung. Wir bekamen Hilfe von den Maltesern, die mir einen Zivi zur Verfügung stellen wollten.

Diese Möglichkeit mussten wir nur noch den Behörden schmackhaft machen, doch das war schwerer als gedacht, denn sie wussten nicht, wie sie den Zivi in ihrem System verbuchen sollten.

Meine alte Schule in Neuhof war zunächst zwar auch skeptisch, aber da ich bereits Schüler der Schule war und die Idee mit dem Zivi klappen könnte, willigten sie am Ende ein, steckten mich jedoch in eine andere Klasse.

Der Zivi wurde aber erst bezahlt, als wir der Schulbehörde mit der Presse drohten.

Als auch das geklärt war, konnte ich mich auf den Umgang mit einem PC stürzen, damit ich daran Hausaufgaben machen konnte. Da mein Vater Computerspezialist ist, konnte er mir viel beibringen, und mein Interesse wuchs stets.

Irgendwann konnte ich dann auch wieder schlucken und die Magensonde wurde entfernt. Meine Probleme beim Schlucken lagen an einem Muskel im Hals, der sich nicht öffnete. Als ein Professor in Fulda meinen Schluckvorgang kontrollierte, entdeckte er das Problem, und seitdem der Muskel zertrennt wurde, kann ich nun wieder essen und trinken, allerdings nichts mit Kohlensäure. Damit kommt die Muskulatur in meiner Speiseröhre nicht zurecht und alles läuft in die Luftröhre. Dadurch könnte ich ersticken, da mir der Hustenreflex fehlt. Doch da ich das weiß, ist beim Verschlucken noch nie mehr passiert. Wenn ich aus dem Rollstuhl falle, werde ich durch den Aufprall wieder wach.

Vor der Behinderung war ich sehr mäklig, doch seitdem esse ich alles, was ich kann. Dabei achte ich jedoch auf mein Gewicht, denn ich will ja auch wieder laufen lernen.

Nach den täglichen Schulstunden besuchte mich oft mein bester Freund und ich war am PC meistens so schnell wie er. Manche Hausaufgaben machte ich allerdings auch mit meinen Eltern oder Großeltern als Sekretären.

In der Schule durften nun immer drei Schüler während der großen Pause bei mir im Klassenraum bleiben. Es gab einige Bestechungsversuche, aber ich fand es toll! Wir hatten schon immer vor, im Westen zu bauen, und nun wollten wir auf einem Grundstück unserer Verwandten ein behindertengerechtes Haus bauen. Doch das war gar nicht so einfach, da das Grundstück nur zur Hälfte Baugebiet war und es für behindertengerechtes Bauen so viele Vorschriften gibt. Nachdem mein Vater der Behörde ein Modell unseres Hauses vorlegte, klappte es dann doch.

Beim Bau des Hauses kamen dann all unsere Verwandten und Bekannten aus der ehemaligen DDR und packten kräftig mit an. Seit dieser Zeit fahren wir auch zusammen in Urlaub, feiern Silvester und treffen uns mehrmals im Jahr.

Unser Haus ist sehr groß, und da ich täglich Hilfe brauche, sind meine Großeltern von Gera zu uns gezogen.

Ohne diesen Zusammenhalt in der gesamten Familie könnte ich nicht zu Hause leben.

In den Sommerferien fuhr ich alle zwei Jahre zur Reha nach Bad Neustadt.

Meine Schulklasse hat mich auch unterstützt. Mein Klassenlehrer nahm mich zusammen mit dem Zivi mit auf Klassenfahrten, wo mir meine Klassenkameraden gern halfen.

Obwohl die Schule sich nicht generell für Behinderte öffnen wollte, fiel ihnen auf, wie gut das für die anderen Schüler und Lehrer ist. Denn wenn ein Rollstuhlfahrer dabei ist, dann ist das förderlich für das soziale Engagement. Schließlich kam in meinem letzten Schuljahr noch ein behindertes Mädchen auf die Schule, ebenfalls mithilfe eines Zivis.

Mein Freund nahm mich mal mit zur Jugendstunde nach Uttrichshausen und dort fühlte ich mich sehr wohl.

Vor dem Schulabschluss musste ich zur Berufsfindung nach Lesum in das Rehazentrum „Friedehorst“. Also nahm mein Freund statt mir mein Zeugnis in Empfang.

Während meiner Zeit in Bremen bin ich anfangs noch mit dem Taxi, dann jedoch bald mit dem Zug heimgefahren. Denn auf größeren Bahnhöfen gibt es immer Servicepoints oder Bahnhofsmissionen. Die haben Käfige, wie für die Raubtiere im Zoo, mit denen sie Rollstuhlfahrern in den ICE helfen können. Denn der IC und auch die Regionalbahnen sind oft zu eng für Rollstuhlfahrer.

Außerdem habe ich in Bremen unter anderem gelernt, allein zu duschen. Ich fand auch Freunde. Mit einem war ich sogar für ein Wochenende bei den Karl-May-Festspielen in Olpe und habe ihn auch daheim in Osnabrück besucht. In Bremen waren alle Vorstadtzüge und Busse behindertengerecht, sodass ich die Umgebung unsicher machen konnte.

Dann lernte ich dort meine erste große Liebe kennen. Als ich nach der Reha wieder daheim, sie aber noch in Bremen war, habe ich sie mit dem Zug besucht. Wir waren sehr glücklich, bis sie ins Koma fiel und nicht mehr aufwachte.

Zur Berufsausbildung kam ich nach Bad Arolsen in das Berufsbildungswerk Nordhessen und machte dort meine Ausbildung zum Verwaltungsfachangestellten. Hier hatte ich auch öfter Kontakt zu unseren Freunden aus der ehemaligen DDR und zu meinem Freund aus Bremen. In Bad Arolsen habe ich einen Internetkurs und eine Microsoft-Prüfung zum Programm Word absolviert.

Während der Abschlussprüfung an der Industrie- und Handelskammer brauchte ich eine Sekretärin, da ich am PC zu langsam bin. Außerdem war zwischen den Prüfungstagen ein Feiertag und so musste ich in der Jugendherberge in Kassel übernachten.

Seitdem ich die Prüfung bestanden habe und wieder daheim bin, fahre ich bei schönem Wetter oft mit meinem Elektrorollstuhl draußen herum und besuche Freunde oder fahre einkaufen. Jedes Jahr besuche ich auch meine ehemalige Kinderkrankenschwester im Nachbardorf.

Zu Hause treffe ich viele Freunde und wir unternehmen etwas gemeinsam. Das Beste ist, dass viele davon nun auch Freunde meines Bruders sind. Freunde sind mir natürlich sehr wichtig, denn ohne sie wäre es noch schwieriger, mit der Behinderung umzugehen.

Eines Tages habe ich meinen besten Freund aus der Schulzeit im Nachbardorf besucht und ihn nach der Jugendstunde gefragt. Da es sie noch gab, lud er mich ein und etwas später wurde ich dort sogar Kassenwart.

Da ich zwar gelernter Verwaltungsfachangestellter bin, durch meine Behinderung und meine Langsamkeit aber keine Arbeitsstelle finden konnte, bin ich Gott dankbar, dass er mir dort eine Aufgabe gegeben hat.

Mein Freund aus Bremen hat uns mal in der Rhön besucht und hat sich zum ersten Mal am Skilanglauf versucht.

In meiner Freizeit gehe ich mit meinen Eltern und Großeltern gern schwimmen.

Wir treffen uns auch noch immer mit Freunden aus der ehemaligen DDR und fahren gemeinsam in Urlaub. Außerdem mache ich die verrücktesten Sachen in der Jugendgruppe. Wir fahren zusammen auf Freizeiten, zu Geburtstagen, ins Kino oder zu Konzerten. Da erfahre ich immer eine große Bewahrung von Gott.

Leider ist es schwerer, als man denkt, als Rollstuhlfahrer eine Stelle zu finden. Denn durch die bestandene Abschlussprüfung gehöre ich auf den ersten Arbeitsmarkt, doch wegen meiner Behinderung habe ich keinen Führerschein. Nun durfte ich bei „Perspektiva" (eine Einrichtung für Jugendliche, die den beruflichen Anforderungen der Arbeitswelt nicht gewachsen sind, die sich aber dennoch für den Arbeitsmarkt qualifizieren wollen) ein Praktikum machen. Doch da ich arbeitslos war, durfte ich nicht länger als zwei Wochen bleiben, sonst wäre es Wettbewerbsverzerrung gewesen. Schließlich muss ein Arbeitsloser zu Hause und für eine Arbeit da sein.

Als ein Religionslehrer mich im April 2006 fragte, ob ich mal mit ihm in seine Schule fahre und den Schülern meine Geschichte erzähle, habe ich prompt Ja gesagt. Der Lehrer meinte, er habe die Schüler selten so ruhig eine Schulstunde verfolgen sehen. Manche Schüler haben mir sogar später nette Briefe geschrieben.

Im Oktober 2006 war ich für drei Wochen in der Wicker-Klinik in Bad Wildungen. Von dort konnte ich mit Niederflurbussen in umliegende Orte fahren. Ich fand auch Freunde, die mich auf den Ausflügen begleiteten.

Ich wollte eine Kontrolle des Schluckvorgangs. Das wurde von der Klinik auch durchgeführt, doch leider hat sich da nichts verbessert. Allerdings wollten die Ärzte mir nun das Essen verdicken, damit meine Speiseröhre besser damit klarkommt. Das habe ich aber, trotz der Gefahr des Verschluckens, abgelehnt. Zum Glück kam am ersten Sonntag mein Vater und zusammen gingen wir Schnitzel essen. So musste ich nicht irgendwelches püriertes Zeug essen!

Außerdem waren die Therapeuten dort sehr vorsichtig mit mir und erst, als sie mit mir schwimmen gingen, merkten sie, dass das die optimale Therapie für mich ist. Leider waren die drei Wochen viel zu schnell vorbei.

Daheim treffen wir uns wöchentlich zur Jugendstunde und im Juli 2007 waren wir zelten bei „Freakstock" auf dem Boxberg. Außerdem waren wir im September auf dem Jugendtreffen PLUS in Marburg. Dort trifft man immer viele Bekannte und bekommt tolle Impulse für das Gemeindeleben. Wir waren auch beim „Christival" in Bremen, wo ich meinen Freund aus der Reha wiedergetroffen habe. Wir haben sogar in einem Massenquartier bei Friedehorst in Lesum geschlafen! Auch die Zugfahrt war die reinste Bewahrung von Gott, denn eigentlich sollte der ICE von Fulda bis nach Bremen durchfahren, doch da er durch das Unglück mit den Schafen im Tunnel schon 75 Minuten Verspätung hatte und abends wieder zurückfahren sollte, konnte er nur bis Vahr fahren. Gott sei Dank sah die Schaffnerin meinen Rollstuhl, und so konnten wir in Hannover in einen Interregio umsteigen. Da wir zu fünft waren, bin ich im Zug mit Hilfe zu meinem Platz gelaufen, und wir kamen zwar spät, aber wir kamen an.

Seit einiger Zeit bin ich Vollerwerbslosen-Rentner und das Arbeitsamt kann wenigstens nichts mehr gegen mein Praktikum haben. Um auf Nummer sicher zu gehen, machte ich mein Praktikum nur mittwochs drei Stunden. Ich hoffte auf Fahrgeld, doch da ich noch keine Stelle in Sicht hatte, mussten meine Eltern oder Großeltern mich immer fahren.

Durch „Perspektiva“ wurde mir eine Stelle auf Probe in Fulda vermittelt und ich konnte einen neuen Antrag auf Fahrkosten stellen.

Da ich für die Jugend langsam etwas zu alt werde, sehe ich mich allmählich nach etwas Neuem um. Beim Besuch eines Rollstuhlfahrers habe ich den Flyer der „Fraternität“ entdeckt und mich daheim über das Internet damit beschäftigt.

Da diese Gruppe in Deutschland zu ihren Treffen sogar Fahrtmöglichkeiten anbietet und die Mobilität im Moment mein größtes Problem ist, fühle ich mich dort sehr wohl. Außerdem spielt auch der Glaube eine wichtige Rolle, und das spürt man.

Seit April 2009 arbeite ich nun endlich jeden Werktag in einer Werkstatt für behinderte Menschen, allerdings in einem Außenarbeitsplatz im Büro.

Mittwochs bin ich auch weiterhin im kirchlichen

Rentamt, aber nun ganztags. Die anderen Tage verbringe ich im Antonius-Heim Fulda, wo ich angestellt bin. Vorerst werde ich nun für ein Jahr vom Fahrdienst des Antonius-Heims gefahren.

Geschrieben von *Thomas Gröger*, er ist nun 30 Jahre und lebt bei seinen Eltern in Büchenberg bei Fulda. Er wollte seine bewegende Geschichte festhalten, bevor sie verblasst.

Du und ich

Deine Hand fühle ich noch auf meiner Wange
Ein Hauch deines Kusses ist noch auf meinen
  Lippen
Meine Nase riecht noch deinen beruhigenden
  Geruch

Doch du bist weg.
Was wäre, wenn du für immer weg wärest?
Ich habe Angst um dich.

Wir haben geredet
  Du über dich
  Ich über mich
  Du über mich
  Ich über dich

Wir über uns
und ein bisschen auch über Gott

Wie oft haben wir schon geredet?
alles hin und her gedreht?
Lösungen gesucht?
immer wieder von vorne angefangen?

Wie oft haben wir schon geweint
gemeinsam
allein
manchmal voller Hoffnung
und oft voller Verzweiflung?

Du bist weg.
Was wäre, wenn du für immer weg wärest?
Ich habe Angst um dich.

Ich sehe dich vor mir
wie du dich bewegst
deine Arme und Beine, wenn du gehst
dein Mund, wenn du redest
mit deiner Zunge spielst, wenn du nachdenkst
wie deine braunen Augen mich anschauen
manchmal voller Freude
aber oft voller Tränen

Du bist weg.
Was wäre, wenn du für immer weg wärest?
Ich habe Angst um dich.

Du hast Angst, in dieser Welt nicht bestehen
  zu können
  zu versagen
  die Erwartungen nicht zu erfüllen
  alle zu enttäuschen

Ich dachte, ich könnte dir helfen
  dir die Ängste nehmen
  deine Tränen trocknen
  immer für dich da sein

Du bist weg.
Was wäre, wenn du für immer weg wärest?
Ich habe Angst um dich.

Ich dachte, ich wäre stark genug für zwei
  könnte dich auffangen
  dir neuen Lebensmut geben

Du bist weg.
Was wäre, wenn du für immer weg wärest?
Ich habe Angst um dich.

Du fragst mich, was das Leben für einen Sinn hat
Was soll ich dir darauf antworten?
Welche Antwort kann dich befriedigen?
Braucht das Leben überhaupt einen Sinn?

Ich erzähle dir von den schönen Dingen des Lebens
  von der Liebe, die auch du erfährst

von allen Dingen, die mir Spaß machen
Musik, Sport, schreiben
durch die Natur gehen
sich ins Gras fallen lassen
und die Wolken beobachten

Du siehst die schönen Dinge nicht
Du möchtest eine Antwort auf deine Frage
Ich kann sie dir nicht geben
Braucht das Leben überhaupt einen Sinn?

Du bist weg.
Was wäre, wenn du für immer weg wärest?
Ich habe Angst um dich.

Ich will dir alles erzählen
von der Schönheit des Lebens
von den Dingen, die mich glücklich machen
von dem Glücksgefühl nach einem gewonnenen Handballspiel
von dem Gefühl, wenn ich mich ganz der Musik hingebe
meine Sticks in der Hand fühle,
meine Hangelenke sich bewegen
und ich den Rhythmus in mir spüre
oder meine Hände wund werden vom Trommeln

Ich will dir erzählen
von meiner tollen Kindheit
von meinen Eltern, meinen Geschwistern

von den besten Freunden der Welt
von meiner Liebe zum Leben
und vielleicht auch ein bisschen von Jesus

Du willst mir zuhören
willst alles von mir wissen
willst die Lebenslust spüren
doch meine Freude kommt nur selten bei dir an

Du willst dich mit mir freuen
doch deine Traurigkeit überwiegt
Du willst mich nicht traurig machen
aber wenn ich dich so dasitzen sehe
traurig, einsam, ohne Lust auf irgendetwas
kann ich nicht mehr fröhlich sein
Du ziehst mich runter, ohne es zu wollen
Ich weine mit dir
ohne sagen zu können, warum

Du bist weg.
Was wäre, wenn du für immer weg wärest?
Ich habe Angst um dich.

Ich wollte dir helfen
dir alles geben, was du brauchst

Ich habe dir zugehört
dich getröstet
nächtelang überlegt, wie ich dir helfen kann
und versucht, immer für dich da zu sein

Ich habe gebetet
geschrien zu Gott
ihn angefleht, dass er dir hilft

Manchmal dachte ich, es wird gut
du warst wieder so voller Freude, Hoffnung und Lebenslust
Doch das nächste Loch war wie für dich bestimmt
als würdest du mit verbundenen Augen
durch eine Schlucht gehen
und dein Führer hätte dir den falschen Weg gewiesen

Du bist weg.
Was wäre, wenn du für immer weg wärest?
Ich habe Angst um dich.

Ich habe keine Geduld mehr
keine Kraft – bin müde
will, dass es dir besser geht
hier – jetzt – und für immer
Bin ich zu naiv?

Ich spüre Wut in mir
auf dich, weil du so geduldig damit umgehst?
auf Gott, weil nichts passiert?
auf mich, weil ich hilflos bin?
Ich weiß es nicht
aber tief in mir weiß ich
dass du nichts dafür kannst

Doch die Wut bleibt
Warum kannst du nicht einfach glücklich sein
(so wie du bist und nicht anders)?
Warum ist das alles so kompliziert?

Du bist weg.
Was wäre, wenn du für immer weg wärest?
Ich habe Angst um dich.

Du fühlst dich krank
  hast Bauchschmerzen, Kopfschmerzen
  du fühlst dich schlapp, müde
  dir wird schnell schwindelig
Morgens hast du keine Lust aufzustehen
  Wenn du Regen an deine Scheibe klopfen hörst
  würdest du dich am liebsten für immer im Bett
  verkriechen

Ich wollte dir das Licht am Ende des Tunnels zeigen
  Ich dachte, ich allein könnte dir helfen
  Ich dachte, ich wäre so stark, deine Traurigkeit
  auszuhalten
Aber ich merke, wie meine innere Flamme immer
  kleiner wird
  meine Kraft nachlässt
  deine Traurigkeit langsam zu meiner wird
Ich habe angefangen zu resignieren

Du bist weg.
Was wäre, wenn du für immer weg wärest?
Ich habe Angst um dich.

Ich spüre eine Hand auf meiner Schulter
Ich stehe im Dunkeln
Aber in mir wird es immer heller
Plötzlich weiß ich, dass ich nicht alles alleine schaffen muss
mein inneres Feuer wird zum Entfachen gebracht
Ich wachse über mich hinaus
spüre eine ungeahnte Kraft in mir
Deine Hand fühle ich noch auf meiner Wange
Ein Hauch deines Kusses ist noch auf meinen Lippen
Meine Nase riecht noch deinen beruhigenden Geruch

Doch du bist weg.
Was wäre, wenn du für immer weg wärest?

Ich laufe los
renne hinter dir her
Ich spüre den Wind durch meine Haare fegen
atme kalte Nachtluft ein
fühle mich besser denn je
Ich fühle mich befreit von allen Ängsten
Ich fliege

Du bist weg.

Nein, ich sehe dich langsam die Straße
entlanggehen
du bleibst stehen
du hörst meine Schritte und drehst dich um
du siehst mich, wie ich auf dich zugerannt
komme
deine wunderschönen Augen leuchten auf
dein Gesicht wirkt wie verzaubert
du lachst

Ich fliege in deine Arme
Dein Kuss ist schöner als je zuvor
Hand in Hand laufen wir los
immer weiter, ohne Ziel
Aber du lachst

Ich spüre neue Kraft in mir
Ich weiß, dass wir nicht alleine sind
Ich fühle mich gesegnet
und langsam bin ich bereit
deinen Weg mit dir zu gehen
wohin er auch führen wird

Ich liebe dich.

Lena Vösgen, 17 Jahre alt, verbringt gerade ein Highschooljahr in Kapstadt, Südafrika. Dieses Gedicht ist eine wahre Geschichte über ihre erste Liebe. Seit sie ihre Liebe zum Lesen mit sechs Jahren entdeckt hat, schreibt sie leidenschaftlich gerne Geschichten und Gedichte.

Das kranke Schaf und seine Bedeutung

„Wiebi hat Krebs." Die Nachricht traf mich wie ein Schlag. *Was? Wiebi? Ich weiß, dass Krebserkrankungen in ihrer Familie keine Seltenheit sind. Aber jetzt auch sie? Sie ist doch genau so alt wie ich, noch keine 30.*

Das waren meine ersten Gedanken, als ich erfuhr, dass meine Freundin schwerkrank ist. Ich machte mir große Sorgen und überlegte, wie man jetzt am besten mit ihr umgehen sollte. Doch Wiebi verblüffte uns alle und brachte uns bei, wie offen und locker man mit so einem Thema umgehen kann. Wie sie immer mal durchblicken lässt, hat sie natürlich auch schlechte Momente, in denen sie nicht so gut mit ihrer Situation klarkommt. Doch im Allgemeinen ist Wiebi für uns alle (Freunde, Familie, Gemeinde, Arbeitskollegen …) ein großes Vorbild!

Da sie wusste, dass man durch eine Chemotherapie seine Haare verliert, hat Wiebi sie lieber gleich abrasieren lassen. In dieser Beziehung ist sie wirklich cool! Sie suchte sich hübsche Stoffe für Kopftücher aus, als ginge es um neue Klamotten. Sie öffnete ihre Wohnungstür ohne Kopfbedeckung, ohne zu wissen, wer geklingelt hatte. Sie wollte anfangs auf eine Perücke verzichten und kaufte Mützen wie andere Schmuck. Seit ihre Haare nach der Chemotherapie wieder zu wachsen anfangen, läuft Wiebi mit ihrer Kurzhaarfrisur herum, als hätte sie schon immer eine gehabt. Und ihre Rehaklinik suchte sie so sorgfältig und mit so großer Vorfreude aus, als ginge es um einen netten Urlaub.

Für mich war es sehr erschreckend, welche heftigen Nebenwirkungen solche Chemotherapien haben. Doch Wiebi erträgt alles und weiß sich von Gott begleitet. Sie ist dankbar für ihr bisheriges Leben, auch falls es das jetzt gewesen sein sollte. Ich weiß nicht, wie ich mit so einer Krankheit fertig werden würde. Das weiß wohl keiner vorher. Aber Wiebi ist auf jeden Fall unglaublich stark! Ihr ist bewusst, dass ihre Krankheit nicht heilbar ist, und dennoch kämpft und lebt sie tapfer weiter.

Mir wurde durch diesen furchtbaren Lebenseinschnitt erst bewusst, wie wichtig mir Wiebi ist und was mir ihre Freundschaft bedeutet. Dadurch haben wir auch wieder einen intensiveren Kontakt bekommen, der mir sehr wertvoll geworden ist.

Als ich wieder mal überlegte, womit ich Wiebi eine Freude bereiten könnte, fiel mir etwas ein: Wiebis Gottvertrauen hat mich einfach inspiriert, und ich wollte zum Ausdruck bringen, wie sehr ich sie für ihre Tapferkeit bewundere. Deshalb habe ich die folgende Geschichte für sie (und über sie) geschrieben.

Das kranke Schaf

Locke war krank. Das kleine Schaf fühlte sich ganz schlapp und musste sich viel ausruhen. Deshalb war es die meiste Zeit im Schafstall und ging nur noch selten mit den anderen Schafen nach draußen auf die Weide. Doch Locke bekam oft Besuch von seinen Freunden. Darüber freute er sich sehr.

Anfangs fragten die Schafe: „Locke, bist du krank? Was hast du denn?"

„Och", mähte Locke. „Das weiß ich auch nicht so genau."

Die anderen waren erschrocken: „Aber du wirst doch wieder gesund?"

Das kleine Schaf lächelte: „Keine Ahnung, aber mein Bauer weiß genau Bescheid. Er kümmert sich um alles."

Lockes Freunde machten sich große Sorgen, aber sie wussten auch, dass das kleine Schaf bei dem Bauern in den besten Händen war.

Locke bekam viel Medizin gegen die Krankheit. Er musste Tabletten schlucken und manchmal wurde er sogar mit Spritzen gepiekst.

„Tut das doll weh?", fragten dann die anderen.

„Es geht", antwortete Locke. „Es piekst ja nur ganz kurz und mein Bauer ist ganz vorsichtig. Er bringt mir dann extra frisches Gras mit. Das schmeckt lecker!"

Die Schafe waren sich einig, dass Locke ganz schön tapfer war.

Allerdings wurde dem kleinen Schaf von den Tabletten sehr übel. Er konnte dann kaum essen und lag nur noch im Stroh. Deshalb kuschelte sich Lockes Mama nachts ganz dicht an ihr Kind, um es zu trösten.

Seine Freunde hingegen schüttelten den Kopf: „Musst du die komischen Tabletten denn nehmen?"

Das kleine Schaf nickte schwach. „Mein Bauer sagt, die helfen mir."

„Du Armer", blökten die anderen mitleidig.

Doch Locke schwärmte: „Er streichelt mich dann immer ganz lange. Das tut gut. Ich mach einfach die Augen zu und genieße, dass er bei mir ist."

Es war auch ganz schön langweilig für Locke, immer im Stall zu sein. Besonders wenn es ihm etwas besser ging und er kaum noch merkte, dass er krank war.

Einmal erzählte er seinen Freunden aufgeregt: „Wenn es mir morgen auch noch so gut geht, darf ich mit nach draußen. Mein Bauer meinte zwar, ich könnte mich sehr leicht erkälten, aber ich freu mich so darauf!" Auch die anderen Schafe freuten sich, ihren kleinen Freund mal wieder auf der Weide dabeizuhaben.

Tatsächlich durfte Locke am nächsten Tag mit nach draußen. Doch obwohl es nur für kurze Zeit war, fühlte er sich danach besonders schwach. Der Bauer beschloss, das kleine Schaf nicht so schnell wieder mit auf die Weide zu lassen. Und damit Locke im warmen Stall nicht so sehr schwitzte, wurde ihm das Fell abgeschoren.

Die Freunde waren überrascht. „Locke, du hast ja gar keine Locken mehr!"

Doch das kleine Schaf nahm auch dies gelassen: „Das wächst ja wieder nach. Außerdem hat mein

Bauer mir ein schickes Tuch um den Hals gebunden. Er findet mich nämlich trotzdem hübsch!"

Die anderen Schafe fanden es irgendwie seltsam, wie Locke über den Bauern sprach. „Warum sagst du eigentlich immer ‚mein Bauer'? Er ist doch auch unser Bauer und nicht nur deiner."

In die Augen des kleinen Schafes trat ein Strahlen und es erklärte: „Ich weiß, aber er sagt auch immer ‚mein Locke' und ‚mein kleines Schaf' zu mir. Er passt immer auf mich auf. Er hat immer Zeit für mich. Er weiß immer, was ich brauche. Und deshalb ist er einfach mein lieber Bauer!" Das verstanden die Freunde und waren froh, dass ihr Bauer sich so gut um das kranke Schaf kümmerte.

Eines Tages beobachteten die anderen Schafe, wie Locke von dem Bauern aus dem Stall getragen wurde. Er hatte Locke auf seinem Arm und ging zu der grünen Wiese vor dem Schafstall. Das Gras war dort nämlich schön saftig und überall sah man Gänseblümchen. Der Bauer legte das kleine Schaf vorsichtig auf die Wiese und setzte sich daneben. Lockes Freunde waren erleichtert, denn sie wussten, jetzt ging es dem kleinen Schaf wieder besser.

Jesus spricht: „Ich bin der gute Hirte und kenne meine Schafe und sie kennen mich."
Johannes 10,14

Die Geschichte hat ein offenes Ende. Genau wie Wiebis Lebensgeschichte. Inzwischen hat sie die

Chemotherapie und Reha hinter sich und wird langsam wieder in das Berufsleben eingeführt. Wir wissen zwar nicht, wie es weitergeht. Wir dürfen aber darauf vertrauen, dass Gott, der gute Hirte, alles im Griff hat und Wunder tun kann!

Silvia Hilli Weber, Jahrgang 1981, lebt mit ihrer kleinen Familie im Herzen Schleswig-Holsteins. Sie hat eine Vorliebe für Bilderbücher und schreibt eigene Kindergeschichten. Sowohl beruflich als auch privat hat sie viel Kontakt zu Kindern, was ihr immer wieder neue Ideen liefert.

Der Rucksack

Die Wohnung hatte ich mir irgendwie anders vorgestellt, den Mann im speckigen Ledersessel sowieso. Ich musterc verstohlen den Raum. So lebt er also. Eigentumswohnung. Geld hat er immerhin. Kein Hartz-IV-Fall. Geizig war er angeblich immer. Könnte hinkommen. Es riecht, nein, es stinkt. Kein Wunder, nach Jahren des Alkohols setzt neben der inneren auch die äußere Verwahrlosung gleich mit ein. Ob er sich überhaupt erinnern kann? Ich empfinde keinen Ekel, obwohl ich später beim Waschen seiner Klamotten gelegentlich mit dem Brechreiz ringe. Kann ein Mensch überhaupt so tief sinken?!

Ob es etwas mit einem Wunder zu tun hat? Wenn Wunder mit „Verwunderung“ und mit „Verwundung“ zu tun haben, ja, dann könnte ich dem zustimmen. Klingt hart, ist es aber nicht. Wenn eine Wunde nicht eitert, kommt der Dreck nicht raus, und sie wird nicht gereinigt. Der Heilungsprozess wird oft von Juckreiz begleitet, der nicht gerade angenehm ist. Wunder der Heilung und doch kein Heilungswunder. Happy End?

Barmherzigkeit. Warum musste es so kommen? Meine Gedanken wandern nach oben, zu meinem Vater im Himmel. Meinen richtigen Vater kenne ich die meiste Zeit meines Lebens nicht. Er verließ meine Mutter und meine ältere Schwester vor langer Zeit. Mich hatte er gar nicht wahrgenommen. Ich war erst wenige Monate sein Fleisch und Blut. Damit konnte er nichts anfangen. Kaum geboren, schon verlassen. Weggelaufen. Das gilt nicht. Für Bitterkeit bleibt keine Zeit.

Jetzt will sich niemand um ihn kümmern. Wen wundert's? „Man muss ihm doch helfen, ein soziales Netz aufbauen, Halt geben. Nach dem Entzug braucht er das, sonst versinkt er wieder.“ Die Betreuerin am Telefon ist schonungslos. „Er hat doch sonst niemanden.“ Ob ich nicht ab und zu vorbeischauen könnte.

Erbarmungslos zieht mich die Behördenmaschinerie in einen Sumpf hinein, ob ich will oder nicht. Als Christ muss ich doch wollen. Die Herausforderung annehmen. Barmherzigkeit üben. Missionieren. Heil vermitteln. Ich ahne noch nicht, wie schmerzhaft das werden würde. War es vielleicht Gottes Auftrag?

Woche für Woche. Vorbeischauen. Tag für Tag. Gedanken und Gebete. Mehrfach am Tag und manchmal auch in der Nacht kommen Anrufe. Im Fünfminutentakt. Immer das Gleiche. Eine Zumutung. Wie viele Rettungsanker werfe ich aus. Reden. Zuhören. Zurechtfinden. In den Fantastereien, die sich mit geschichtlichen Ereignissen mischen und mit Wunschdenken. Kennenlernen. Akzeptieren. Annehmen. „Alles war ganz anders, als deine Mutter gesagt hat ... Nein, so war das damals nicht." Ach, ja? *Das würde ich gern glauben,* huscht es durch meine Gedanken. Aber meine Schwester hat eine kaputte Seele, meine Mutter ist bis heute verbittert und gedemütigt. Den Knopf kann man immer noch drücken: der Vater. Ein Mensch, der sein Gedächtnis betrügt, seine Wahrnehmung verliert. Das Gehirn streikt. Stück für Stück. Alkoholsucht. „Nein, ich bin kein Alkoholiker!!!! Warum lasst ihr mich nicht einfach in Ruhe", lallt es mir entgegen. Bitteschön, liefere mir einen Grund. „Nein, du nicht. Bitte bleib doch noch. Endlich haben wir uns gefunden. Ich will nicht gefunden werden. Gott, hilf mir."

Keine Erkenntnis. Immer auf Montage, immer im Ausland, immer auf dem Zwutsch, ohne Familie, ohne Wurzeln. Das war das Leben meines Vaters. Vater. Obwohl ich schon 34 Jahre alt bin, habe ich jetzt erst einen Vater. Unverhofft kommt oft. Schneller als

Kinderkriegen ging das. Ich lache in mich hinein. Und schon hast du Probleme, die du nie haben wolltest. „Auf Montage wird gefeiert. Das darf ich dir gar nicht erzählen." Er freut sich und ist auch noch stolz darauf. Worauf eigentlich? Er ist viel herumgekommen; 29 Jahre hat er geschafft. Und dann alles verloren. „Wir hatten doch täglich 100 Mark Spesen. In der Dritten Welt bist du damit ein König." Bis früh morgens gefeiert, kurz die Arbeiter eingewiesen, was sie tun sollten. Und mittags schon wieder gefeiert. Auch mit Frauen. Nein, nicht jeden Tag. *Nicht immer, aber immer öfter,* denke ich. Während meine Mutter nicht wusste, wie sie uns durchbringen sollte. Asozial und arm waren wir die ersten Jahre. Betteln mussten wir. Bei dir. Unterhalt war für dich ein Fremdwort. Nur mit Anwalt lief es ab und zu. Die Mutter hat geschuftet, die Verwandten und Freunde haben geholfen. Bis der neue Mann kam und als Ersatzvater die Lücken füllen musste. Gut gemacht.

Trinken wird zur Norm. Arbeitslosigkeit, Absturz. Point of no return.

„Wir können bedauerlicherweise nichts mehr für ihn tun. Da hätten wir Ihren Vater eher finden müssen. Tut mir leid."

„Sie verwalten ihn also einfach zu Tode?"

„Mehr kann man eben nicht machen. Wenn er nicht einsehen will, wenn er sich nicht helfen lässt. Gegen seinen Willen können wir nichts für ihn tun. In Deutschland darf man sich leider zu Tode trinken", resümiert die Betreuerin trocken.

Gott, wie kann ich ihm helfen? Dringst du zu ihm durch? Lass ihn nicht verloren gehen. Diesen fremden Mann, meinen Vater, dein Geschöpf.

„Nein, das war gar nichts gegen die Reportagen auf RTL. Sie wissen schon, die über die Messies.“ Das knallt sie mir an den Kopf, die Betreuerin. „Ich zeige Ihnen mal die Fotos.“ Die kommen nie. Vielleicht auch besser so. Aufgefunden in Verwirrung und Verwahrlosung. Die Polizei, dein Freund und Helfer. Geschlossene Abteilung. Aufpäppeln. Zurück ins Leben. Und wenn er nicht leben will und wenn er nicht ohne Suff leben kann?

Die Wohnung ist mittlerweile renoviert und glänzt wie neu – mit Ausnahme der verdreckten Toilette und des stinkenden Bewohners. Die Putzfrau putzt leider nicht, redet dafür aber viel und raucht. „Kostet doch eh nur das Geld eines dreckigen Alkoholikers. Mit dem kann man es ja machen.“ Denkste. Beschwerden. Sauber machen, Müll raustragen, Kämpfen. Überredungskünste. Anfänglich nur mal die Kleidung wechseln. „Wieso, das ist doch alles tipptopp. Na gut, dann such mir was raus.“ Duschen. In der Wohnung gibt es nur eine Wanne, klitzeklein, das Wasser wird nicht richtig heiß. Ich koche Wasser in Töpfen ab. Plätschern. Aufatmen. Jetzt ist es besser.

Was bleibt, sind Wut und Trauer. Warum lerne ich ihn erst jetzt kennen, warum so? Gott? Gott? Wo bleibt der Segen? Die Mühe ist scheinbar umsonst. Alpha-Kurs. Er geht mit hin. Woche für Woche.

Nichts kommt an. Oder? Unsicherheit. Er kann sich nicht integrieren. Aber er freut sich. „Hier ist ordentlich was los, das gefällt mir." Ja, und die Message? Er kann nicht folgen. Entzugserscheinungen, Verlust des Kurzzeitgedächtnisses – Folgen der Sucht. Ich tröste mich mit dem Gedanken: Gott ist allmächtig. Ich ertrage den Gestank in meinem Auto, den Qualm in der Wohnung, das wirre Gerede, den Dreck und Schmutz des noch immer fremden Lebens. Ein Wunder der Gnade.

„Nicht aufgeben." Der Arzt redet eindringlich auf meinen Vater ein. „Wenn Sie jetzt nicht mit dem Trinken aufhören, werden Sie sterben. Am besten, Sie fahren jetzt mit Ihrer Tochter sofort ins Krankenhaus und machen einen Entzug." Wieder einen Entzug, hätte er sagen sollen. Mein Vater. Ohne Erkenntnis und jenseits der Grenze. Aufnahmegespräch in der Klinik. Ich muss draußen bleiben. Wie die Hunde vorm Laden. „Wenn Sie das nur für Ihre Tochter tun, bringt es überhaupt nichts." Die schrille Stimme des abgeklärten Arztes dringt bis zu mir hinaus. Ich bete. Stumm. Und warte. Er darf bleiben. Gott sei Dank. Geht's jetzt aufwärts?

Meine Familie ist zerbrochen. Schnell und lautlos. Die Schwester abgetaucht. Der Stiefvater beleidigt. Die Mutter ratlos. Warum ich mich kümmere? Rechtfertigungszwang.

Der war doch zu niemandem gut! Hat die Mutter in bitterer Armut sitzen lassen. Fassungslosigkeit. Misstrauen. Kein Mitleid. Verstehe ich. Ich bin

Christin. Alles klar?! Vielleicht tut Gott doch noch etwas. *Aus Fluch macht er Segen,* tröste ich mich. Und leide.

Dann: abgehauen. Was? „Ihr Vater ist verschwunden. Sollen wir die Polizei verständigen?" Enttäuschung. Zerbrochene Hoffnungen. Das wäre auch zu einfach gewesen.

Er kann einfach nicht durchhalten. In seiner Wohnung liegen schon wieder Bierflaschen. Von der Tanke. „Was soll ich denn da, das ist nichts für mich. Das Bier, das ist für die Skatrunde später."

„Welche Skatrunde?", schreie ich ihn an. „Du kennst doch niemanden! Du bist doch immer nur allein. Vor deinem Fernseher. Du bist Alkoholiker." Die Worte hängen in der Luft. Zum Schneiden. Zurücknehmen kann ich sie nicht. Worte haben Macht, fällt mir ein.

„Warum hacken denn bloß immer alle auf mir rum", jammert er. Wieder einmal. Ich habe die Schnauze voll. Ich vergesse mich. Einfach Luft ablassen. Später fühle ich mich schlecht. Gott, ich habe versagt, es tut mir leid. Aus eigener Kraft. Jesu Worte kommen mir in den Sinn: Ohne mich könnt ihr nichts tun. *Stimmt,* gebe ich kleinlaut zu.

Wie sieht denn nun der Plan aus? Was soll das Ganze? Vater kaputt, Familie kaputt. Ich bin kaputt und ausgelaugt. Eine neue Putzfrau macht die Wohnung jetzt sauber, kauft ein, während mein Vater versinkt. Und trinkt. „Hast du dir heute mal einen Kaffee gemacht?" Ich starre wie hypnotisiert auf die

Thermoskanne und ignoriere die leeren Flaschen dahinter. „Ja, ich trinke nicht nur Whisky." Keck lächelt er mich an. Das ist tröstlich. Aber nicht wahr.

Versuche. Annäherungen. Erstaunen über manche Gedanken eines geschädigten Gehirns. „Gott gibt es doch gar nicht. Er ist eine Idee der Menschen. So wie die Bibel. Die haben Menschen geschrieben, die den Leuten etwas Gutes tun wollten. Damit sie besser leben können." Schöne Erklärungen meines Vaters. Schöne heile Welt eines Suchtkranken. „Hast du ein gutes Leben?", frage ich. „Ja, doch, mir geht's gut. Ich habe genug Geld und brauche niemanden." Das sitzt. Nein, kein Alkoholiker. Nur ein Verdränger. Ignorant. Kranker. Kommt er in den Himmel, wenn er nicht hineinwill? Wo bleibt nun das Wunder, Gott? Mission impossible?

Dann Hoffnungsschimmer. Zur Ruhe finden und Abstand gewinnen. Gebete einer Freundin und ein Stück Selbsterkenntnis: Ich bin geprägt. Der Stempel meiner Familie drückt mich. Ein schlechtes Erbe, wie ein Rucksack, den ich mir aufgeschnallt habe. Ich muss ihn loswerden. Wohin? Zu Jesus. Endlich loslassen. Frei werden. Bin nicht verantwortlich. Er hat sein Schicksal selbst gewählt. Darf ich das denken? Ich bin weiter für ihn da, aber nicht mehr so häufig. Aus Selbstschutz. Gebete. Weglaufen gilt nicht. Gleichsam mit Engelsgeduld sporne ich ihn an, mit mir in Kontakt zu bleiben. Gespräche brechen ab. Depressionen. Er führt Selbstgespräche. Natürlich. Er nimmt mich manchmal nicht mehr wahr. Ruft auch nicht mehr an. Der Fernseher läuft unaufhörlich. Seine Welt ist klein und nimmt ihn gefangen. Er tut mir leid.

Ähnlichkeiten. Ich entdecke sie. An mir, an ihm. Unsicherheiten. Minderwertigkeit. Mangelnde soziale Kompetenz nennen Fachleute das wohl. „Ich habe Beziehungsprobleme", erzählt er mir. Und das ist wahr. Warum, kann er mir nicht sagen. Seine Vita ist Beweis genug. Meine Vita – besser und doch nicht ideal. Aber ich lerne mich besser kennen. Durch ihn, meinen Vater. Und nehme mir etwas vor: mehr Gemeinschaft. Ausruhen zu den Füßen Jesu und bei Menschen. Disziplin. Treu sein im Glauben. Wachsen. Wunder sehen. Ich fühle mich getragen, seit ich die Last nicht mehr allein trage. Gottes Finger in der Wunde. Der Dreck ist raus. Der Juckreiz hat begonnen.

Lilly Schönherz lebt mit ihrem Mann in der Nähe von Hamburg. Die gelernte Historikerin war lange Zeit als Journalistin tätig, bevor sie den Beruf wechselte und heute eine Eisdiele betreibt. Nebenbei studiert sie an einer Bibelschule. Lilly liebt Bücher und Musik und möchte noch lange Geschichten schreiben.

Glaube Liebe Hoffnung

Im Glauben
Aufgebrochen
Neues gewagt
Von Menschen
Verletzt
Verstoßen.

Zweifel kommen
Mut verloren
Nichts geht mehr
Was hält?
Wohin?
Kein Ausweg.

Vertrauen missbraucht
Von Freunden getrennt
Im Niemandsland
Und dennoch
Geliebt
Von Jesus.

Christiane Kathmann arbeitet als freiberufliche Lektorin und Texterin. Sie ist verheiratet und hat zwei kleine Kinder. Zu ihren Hobbys gehören Lesen, Schreiben, Gesellschaftsspiele und Musik.

Das Sehnsuchtsglas

Ein kleines Mädchen erhielt zur Geburt ein Glas geschenkt, welches die Aufschrift „Sehnsucht“ trug. Sehnsucht nach bedingungsloser Liebe, nach Mutterliebe und Vaterliebe, nach Anerkennung, Wertschätzung, körperlicher Zuwendung – Sehnsucht nach der Farbe Rot. Und in dem Glas war bereits etwas Rot enthalten.

Der Wunsch, dieses Glas weiter zu füllen, war ganz tief im Herzen des Mädchens verwurzelt, sodass er ihr gesamtes Leben und Streben beeinflusste. Und so wuchs sie heran wie andere Mädchen auch, aber ihr Glas war längst nicht so weit gefüllt wie das ihrer Freundinnen. Das machte sie traurig und die Sehnsucht nach Rot wuchs und wuchs.

Als sie etwa vier oder fünf Jahre alt war, begegnete sie einem Mann mit einer roten Flasche, der ihre Sehnsucht erkannte. Er lächelte der Kleinen freundlich zu, schenkte ihr einen kleinen Schluck dieses kostbaren Rots und versprach ihr mehr davon, wenn sie ihm nur vertraute.

Immer wieder zog es sie nun zu diesem Mann mit der roten Flasche und er sah ihre unaufhörliche Sehnsucht danach. Und er sah auch, dass sie alles dafür geben würde. Von Mal zu Mal wurde der Preis höher und das Rot, was sie dafür bekam, weniger. Nein, er verlangte kein Geld von ihr, keine Leistung, kein Wissen, kein Können. Er wollte nur, dass sie mit ihm spielte. Viele Spiele brachte er ihr bei, doch immer war er es, der gewann. Es waren kalte Spiele, schmerzhafte, ekelerregende, verbotene Spiele. Aber er sagte, es seien schöne Spiele; sie würde es schon noch verstehen, sie müsste ihm nur vertrauen.

Die rote Flasche stellte der Mann immer so, dass sie sie auch sehen konnte und an ihre Sehnsucht erinnert wurde. Und sie dachte nur daran, dass sie, wenn das Spiel gespielt wurde, wieder einen Schluck aus der Flasche bekommen würde, die ihr Sehnsuchtsglas füllte. Sie träumte sich in eine Welt, in der es Rot im Überfluss gab, in der alle Gläser längst gefüllt waren, in der es warm und sicher war, denn nur so konnte sie die Kälte, den Schmerz und den Ekel aushalten, vergessen.

Doch unbemerkt floss jedes Mal, wenn sie sich in diese Welt träumte, kaltes, tödliches Blau in ihr Glas und vermischte sich mit dem Rot. Zuerst bemerkte das Mädchen es nicht; der Inhalt des Glases war ja noch fast rot. Sie ging weiter zu dem Mann mit der roten Flasche. Ihre Sehnsucht war viel größer als die Angst vor Kälte, Schmerz und Ekel. Davor konnte sie sich ja in ihrer eigenen Welt schützen. Sie brauchte doch das Rot, um zu leben.

Doch mit jedem Spiel mischte sich unaufhaltsam mehr Blau in das Rot. Es entstand ein lebendig-totes Lila. Ein brennendes und kaltes. Als das Mädchen dies bemerkte, schämte sie sich sehr dafür und verbarg das Glas so gut sie konnte. Alles in ihr schmerzte und die Sehnsucht nach schmerzstillendem, warmem, lebendigem Rot war kaum mehr auszuhalten. Sooft sie konnte, besuchte sie den Mann, denn nur er konnte ihr das Rot geben. Nur er liebte sie noch, obwohl er das Lila in ihrem Glas sehen konnte. Er gab ihr auch weiterhin das ersehnte Rot, doch in immer kleiner werdenden Mengen, da er wusste, dass sie auch diese geringe Gabe dankend annehmen würde. Er hatte die Macht. Die Spiele, die er als Preis dafür forderte, wurden dagegen immer grausamer. Immer tiefer und länger flüchtete sie in ihre eigene Welt, um ihre Situation zu ertragen. Sie mochte diese Spiele nicht, versuchte, sich zu wehren, versuchte, sich zu weigern, aber er verlangte sie als Preis für das überlebensnotwendige Rot. Und so mischte sich unaufhaltsam weiter Blau in das Glas. Das Lila wurde dunkler, kälter, bedrohlicher – man konnte das Rot kaum noch erahnen.

Eines Tages beschloss sie, das Glas zu verschließen, zu versiegeln und an einem sicheren und geheimen Ort zu verstecken, wo keiner es je finden würde. Auch sie wollte es so schnell wie möglich vergessen und nie wieder danach suchen. Nach einer langen, einsamen Wanderung fand sie schließlich den geeigneten Platz. Auch den Wunsch, dieses Glas zu füllen, brachte sie an diesen Ort – und damit auch ihr Herz, denn der Wunsch war vom Herzen nicht zu trennen. Und so kehrte sie ohne die quälende, lebensbedrohliche Sehnsucht von diesem verborgenen Ort zurück.

Längst war sie zu einer jungen Frau herangewachsen. Sie war beliebt, begabt, erfüllte alle

Anforderungen ohne große Schwierigkeiten – doch sie fühlte sich tot, kalt und leer. Sie wusste nicht, was ihr fehlte, und war ständig auf der Suche. Längst hatte sie ihr Sehnsuchtsglas vergessen.

Einem Engel fielen ihre Leere und ihre ruhelose Suche schließlich auf, und wenn er in ihre Augen sah, machte ihn das unendlich traurig. So versuchte er, sich ihr langsam zu nähern. Doch das Mädchen ging ihm aus dem Weg, obgleich sie die Wärme und die Geborgenheit spürte, die von ihm ausgingen. Auch empfand sie bei jeder Begegnung einen tiefen stechenden Schmerz an der Stelle, wo einst ihr Herz gewesen war.

Nach und nach erkannte sie, was sie wirklich suchte. Es war dieses tiefe, reine Rot, das den Engel umgab. Doch sie hatte kein Herz mehr und kein Glas, also hatte sie keine Verwendung mehr für dieses Rot. Immer häufiger aber dachte sie an ihr Herz, das ganz allein an einem entfernten Ort vergraben war. Der Gedanke daran schmerzte so sehr, dass sie sich schließlich aufmachte, um ihr Herz zu holen.

Das Glas aber wollte sie noch tiefer vergraben. Denn noch immer schämte sie sich für das Lila. Keiner durfte es sehen.

Der Engel folgte ihr unauffällig, denn er sah ihre Verzweiflung, in der er sie nicht alleinlassen wollte. Als sie nach einer langen Wanderung an den Ort gelangten, an dem ihr Herz verborgen war, grub sie es aus und hielt es in ihren Händen. Sogleich spürte sie wieder diesen stechenden Schmerz in ihrer Brust und sie begann zu weinen. Der Engel spürte ihre Qual, aber er konnte nichts tun. Noch nicht. Das würde sie nur erschrecken.

Das Mädchen nahm ihr Herz und machte sich auf den Weg nach Hause. Doch je weiter sie sich von ihrem Sehnsuchtsglas, welches sie zurückgelassen hatte, entfernte, umso trauriger und verzweifelter wurde sie. Wieder verspürte sie den Wunsch, das Glas – ihr Glas – zu füllen. Da war sie wieder, diese unbändige, quälende Sehnsucht nach Rot. Wie damals, als sie ein Kind gewesen war. Sie hasste sich dafür.

So schnell sie konnte ging sie zurück, wild entschlossen, ihr verdammtes Herz wieder einzugraben, tiefer, viel tiefer als zuvor. Erneut grub sie ein Loch, hielt das Herz in Händen, bereit, es hineinfallen zu lassen, aber sie konnte nicht, erstarrte. Der Schmerz in ihrer Brust zerriss sie fast. Ein erstickter Schrei in ihrer Kehle nahm ihr fast die Luft zum Atmen. Tränen stiegen in ihr auf, heiß und brennend. Noch mehr hasste sie sich dafür. Nie wieder wollte sie fühlen, nie wieder weinen, nie wieder diese Sehnsucht spüren. Nun stand sie da. Gelähmt. Ihr Herz in der Hand. Zitternd. Tränen rannen über ihr Gesicht. Erschöpft und verzweifelt ließ sie sich auf den Boden sinken und ließ dem Strom der Tränen freien Lauf. Sie konnte nicht anders.

Langsam kam der Engel zu ihr und setzte sich schweigend neben sie. Minute um Minute verstrich. Das Mädchen nahm den Engel in ihrem Schmerz nicht wahr, dennoch spürte sie eine ungewohnte Wärme, fast wie einen Mantel, der sie schützend umgab. Nach einer Weile versiegte der Tränenstrom. Der Engel schwieg noch immer. Lange schaute sie auf das Herz, das schwach und blass in ihren Händen lag. Erneut überrollte sie eine Welle aus Schmerz. Ihr war, als hielte sie ein schutzloses Kind in den Armen, und sie fühlte sich so unendlich hilflos. Hilflosigkeit – ein Gefühl, das sie nur im Schutze ihrer eigenen Welt ertragen konnte.

Ihre Welt, ja, danach sehnte sie sich. Lange war sie nicht mehr da gewesen. Dort war sie sicher. Dort gab es Rot im Überfluss.

Das Mädchen schloss die Augen und stieg in Gedanken den Berg zum Eingang ihrer Welt hinauf. Nun wurde sie ruhig. Ein Lächeln trat auf ihr Gesicht. Doch das Herz in ihrer Hand hüllte sich in leichten, kalten Nebel – blauen Nebel. Sorgenvoll und mit Tränen in den Augen streckte der Engel seine Hand nach dem Herz aus und berührte es sanft. Sogleich durchfuhr ihn ein eisiger Schlag und das Mädchen schrie vor Schmerz.

„Das Glas! Wo ist mein Glas?“ Sie spürte, dass sie nicht wieder in diese Welt fliehen durfte, wenn sie ihr Herz schützen wollte. Sie musste sich ihrem Schmerz stellen.

Wieder strömten Tränen über ihr Gesicht. Sanft legte der Engel seinen Mantel aus wärmendem Rot um sie. Nun erkannte sie, dass sie nicht alleine war. Doch sie hatte Angst. Was war der Preis für das Rot?

Was würde der Engel von ihr verlangen? Aber der Mantel tat ihr so gut!

Noch immer hatte der Engel kein Wort gesprochen, aber er war da. Mit leiser, zaghafter Stimme erzählte sie dem Engel von dem Glas. Noch immer schämte sie sich für das Lila darin, doch sie spürte, dass der Engel trotzdem bei ihr blieb und sie bedingungslos liebte.

Gemeinsam holten sie das Glas, doch sie wagte es nicht, dieses zu öffnen. Niemals wieder würde sie jemanden etwas hineintun lassen. Zu groß war ihre Angst vor dem Blau. Doch durch den wärmenden Mantel aus Rot war auch das Glas in sanften roten Nebel getaucht, der nur darauf wartete, in das Glas zu gelangen.

Der Engel nickte dem Mädchen freundlich und ermutigend zu, das Glas zu öffnen.

„Aber das Lila wird das Rot verschlingen!", sagte das Mädchen traurig. „Du verschwendest dein Rot nur. Schenk es Kindern ohne Lila im Glas."

„Nein", erwiderte der Engel sanft. „Dieses Rot ist nur für dich. Es wird dem Lila den Schrecken nehmen. Nie wird der Inhalt deines Glases wieder ganz und gar rot sein, denn das Blau darin ist nun ein Teil von dir. Aber du kannst das Lila aufhellen, es erwärmen. Nach und nach wird sich durch das neue Rot der Schmerz verringern. Nur wenn du dich entscheidest, das Rot hineinzulassen, kann Heilung geschehen."

Sabine Ullmann, Jahrgang 1980, lebt allein mit ihren beiden Katzen. In ihren Geschichten, Gedichten und Bildern hat sie einen Teil ihrer traumatischen Geschichte be-/verarbeitet und möchte anderen Betroffenen Mut machen, sich dem Schmerz zu stellen.

Ich brauche dich

Im tiefen Schmerz knie ich vor dir nieder, Herr,
und rufe zu dir.
Mein Schmerz sitzt so tief, es raubt mir
meinen Schlaf und meine Freude.
Wohin kann ich gehen, wer hört mein Klagen?
Was soll ich tun, wie geht es weiter?
Herr, ich bitte dich aus tiefstem Herzen, komm,
Herr, und rette mich.
Hole mich heraus aus meiner Verzweiflung,
aus meinem Schmerz.
Ich brauche dich!
Trockne meine Tränen, berühre mein Herz.
Herr, du hast mir deine Hilfe zugesagt,
darauf will ich vertrauen und hoffen.
Komme schnell, mein Herr, mein Gott.
Ich brauche dich.
Auf dich kann ich bauen, dir vertrauen,
du verlässt mich nicht.

Jetzt und in Ewigkeit bist du bei mir,
  Dank gebührt dir dafür.
Herr, komm, ich brauche dich!
Amen.

Danilo Wilkens ist Jahrgang 1978 und arbeitet als Landesreferent für Kinder- und Jugendarbeit im EC Mecklenburg. Er liebt Sport und Geschichten, die einen von der ersten Seite an fesseln können.

Freier Fall in Gottes Hände

Wir waren eine äußerst glückliche Familie. Seit einem guten halben Jahr genoss ich die Freiheit, nicht mehr jeden Tag ins Büro gehen zu müssen, sondern ganz für unseren kleinen Sohn da zu sein. Er war unser erstes Kind, ein echtes Wunschkind, und er war natürlich das süßeste Baby der Welt. Er war aber auch schon immer ein munteres Kerlchen mit einem ausgeprägten Dickkopf und hielt mich ganz schön auf Trab!

Unser Glück war perfekt, als wir ein Grundstück mit einem geplanten Einfamilienhaus bei uns im Ort erwerben konnten. Regelmäßig spazierte ich mit dem Kinderwagen daran vorbei und beobachtete den Baufortschritt. Von Woche zu Woche konnte man „unser Nest" wachsen sehen. Ich war glücklich und dankte Gott täglich für unsere Lebenssituation. Doch manchmal kam mir auch der Gedanke, dass es wohl nicht für immer so bleiben würde, dass einfach alles glattlief in unserem Leben. Noch ahnten wir nicht, wie schnell dieses augenblickliche Hoch in unserem Leben vorbei sein würde.

Acht Monate nach der Geburt unseres Sohnes hatte ich eine Vorsorgeuntersuchung bei meinem Gynäkologen. Bei der Ultraschalluntersuchung wunderte sich der Arzt über etwas Gewebe am rechten Eierstock, war sich aber sicher, dass es nichts Bedenkliches sei. Da ich trotzdem beunruhigt war, versicherte er mir, dass er mich zur Abklärung ins Krankenhaus schicken würde, wenn er sich in irgendeiner Weise unsicher wäre. Ich solle mir daher keine Sorgen machen. Da er den Befund sicherheitshalber in drei Monaten noch mal in Bezug auf Art und Größe kontrollieren wollte, ging ich relativ unbekümmert nach Hause. In den folgenden drei Monaten hatte ich nicht viel Zeit, über die Angelegenheit nachzudenken, denn unser kleiner Schatz forderte meine ganze Kraft. Nachdem ihn keine Bauchkoliken mehr plagten und damit die Schreianfälle vorbei waren, wollte es mit dem Schlafen aber immer noch nicht so richtig klappen. Er hatte einfach so viel Energie, dass er sich den ganzen Tag wach halten wollte – und das mit einem guten halben Jahr. Irgendwann war er dann einfach zu müde, um wirklich einzuschlafen, und quengelte nur noch. Wir mussten mehrmals ein Schlaftraining mit ihm machen. Trotz dieser Überforderung und des permanenten Schlafmangels war ich eine glückliche Mama und merkte nicht, dass ich körperlich am Ende meiner Kraft war – aber nicht nur wegen unseres Kindes.

Als ich nach den drei Monaten die angesetzte Kontrolluntersuchung wahrnahm, änderte sich unser Leben schlagartig. Die Diagnose lautete Eierstockkrebs, was für eine Frau in meinem Alter (ich war erst Anfang 30) sehr selten ist. Ich schwankte aus der Praxis und stand total unter Schock. Alles lief wie in Zeitlupe ab. Ich wusste nicht mehr, was ich denken sollte, mein Kopf war leer. Ich wollte so schnell wie möglich nach Hause und hatte doch gleichzeitig Angst, mit dieser Diagnose unsere Familienidylle und unsere Zukunftspläne zu zerstören.

Ich kann mich genau an den Augenblick erinnern, als ich nach Hause kam. Mein Mann saß mit unserem kleinen Schatz im Sessel, sie schauten sich ein Bilderbuch an und riefen fröhlich: „Hallo, Mama!" Und ich musste ihnen diese Hiobsbotschaft überbringen! Als ich ihnen sagte, dass ich heute noch ins Krankenhaus müsse, schlug mein Mann die Hände vors Gesicht und rief: „Nein, nein, das kann nicht wahr sein!" So ist es in einer Schocksituation, wenn man Angst hat, alles Lebensglück zu verlieren, und die Begrenztheit des eigenen Handelns spürt. Alles kam uns wie ein Albtraum vor, und wir hofften, bald daraus zu erwachen. Für kurze Zeit flammte die Frage in uns hoch: Wie kann Gott uns das antun, wo wir doch unser Leben Tag für Tag mit ihm leben? Wir waren so glücklich zusammen, unser Sohn war noch so klein und würde seine Mama noch lange brauchen. Wir hatten Angst, dass ich vielleicht nicht mehr lange lebe, da nicht klar war, in welchem Maße der Krebs schon andere Körperregionen befallen hatte. Ich vergoss unendlich viele Tränen.

Unsere Familien und engsten Freunde zu informieren, war sehr schwer für uns, da wir ahnten, dass sie alle geschockt sein würden. Aber viele versprachen, für uns zu beten, und sagten uns ihre Hilfe und Unterstützung zu für die schwere Zeit, die nun vor uns lag. Dafür waren wir sehr dankbar.

Es war uns eine große Hilfe in dieser Not, gemeinsam in Gottes Wort Trost und Halt zu finden. Als ich meine Bibel wahllos irgendwo aufschlug, um ein tröstendes Wort zu suchen, las ich als Erstes folgende Verse aus Psalm 118: „Ich werde nicht sterben, sondern leben und des Herrn Worte verkündigen. Der Herr züchtigt mich schwer, aber er gibt mich dem Tode nicht preis" (Vers 17+18). Mein Herz stockte. Das konnte kein Zufall sein! Ich war erstaunt, dass Gott so maßgeschneidert auf meine Situation reagierte, und musste beschämt bekennen, dass ich so eine direkte Zusage gar nicht erwartet hatte! Dabei heißt es sogar in Vers 5 desselben Psalms: „In der Angst rief ich den Herrn an; und der Herr erhörte mich und tröstete mich." Genau das hatte ich jetzt gerade erfahren! Der Psalmdichter vor mehreren Tausend Jahren hatte die gleiche Erfahrung mit Gott gemacht wie ich gerade. Da soll noch einer sagen, die Bibel sei ein altes, überholtes Buch.

Plötzlich wurde so vieles unwichtig, was uns vorher beschäftigt hatte, sogar unser Haus, das sich noch im Rohbau befand. Was ist schon ein Haus, wenn es um Leben und Tod geht? Wir wussten nicht, ob wir jemals dort einziehen würden, aber es war uns auch egal. Es gab nur noch diesen einen Wunsch: dass ich wieder gesund werde.

Als die ersten Emotionen verebbt waren, fühlten wir uns plötzlich so klein und hilflos. Wir wussten, dass mein Leben weder in unserer Hand noch in der Hand irgendeines Arztes lag. Allein unser großer Gott hatte mir das Leben geschenkt und würde es eines Tages beenden, und er hat jeden Tag, der dazwischen liegt, in seiner Hand. Wie König David konnte ich vertrauen: „Meine Zeit steht in deinen Händen" (Psalm 31,16). Diese Gedanken erlaubten uns eine große Ruhe und Gelassenheit. Wir konnten wieder ganz neu Gottes Nähe spüren und wussten, dass jetzt eine sehr schwere Zeit auf uns zukam, wir aber mit Gottes Hilfe rechnen konnten, als wir in seinem Wort lasen: „… meine Kraft ist in den Schwachen mächtig" (2. Korinther 12,9) und „[E]r legt uns eine Last auf, aber er hilft uns auch" (Psalm 68,20).

Ich musste innerhalb von zwei Tagen operiert werden, da der Tumor schnell wachsend war und sich innerhalb der drei Monate durch den gesamten Bauchraum ausgedehnt hatte. Bis hoch zum Zwerchfell hatten sich faustgroße Tumorknollen gebildet.

Eierstöcke und Gebärmutter mussten entfernt werden und ein Stück vom Darm wurde entnommen, auf dem der Tumor auflag. Mein Bauchfell war übersät mit kleinen Tumorknötchen und musste ebenfalls entfernt werden. Aber ich konnte tumorfrei operiert werden, das heißt, dass alle sichtbaren Krebszellen entfernt werden konnten. Zahlreiche Lymphknoten im Beckenbereich wurden entnommen. Als wir die Nachricht erhielten, dass diese noch nicht vom Krebs befallen waren, konnten wir erst mal aufatmen und Gott danken, denn damit war die Ausbreitung in andere Körperregionen nahezu ausgeschlossen. Erleichterung und seelischer Schmerz lagen in diesen Tagen dicht beieinander. Unser Sohn feierte seinen ersten Geburtstag, als ich noch im Krankenhaus lag. Das war für mich besonders schwer, da ich nicht wusste, wie lange mein Leben überhaupt noch dauern würde. Würde ich den zweiten Geburtstag unseres Sohnes noch erleben?

Die anschließende sechsmonatige ambulante Chemotherapie war körperlich und psychisch eine sehr belastende Zeit für mich. Positiv war, dass die Chemotherapie Erfolg zeigte. Das ist nicht selbstverständlich, da jede Krebsart anders „gestrickt" ist. Wieder hatten wir Grund zur Dankbarkeit. Aber die Nebenwirkungen, vor allem die Gliederschmerzen, Appetitlosigkeit und Übelkeit waren grausam. Obwohl ich wusste, dass es so kommen würde, machte mir der Haarausfall zu schaffen. Aufgrund der körperlichen Schwäche war ich nicht in der Lage, unseren Haushalt zu führen, und vor allem konnte ich mich nicht so intensiv um unseren kleinen Sohn kümmern, wie ich es gerne getan hätte. Das war nach der langen Trennung während meines Krankenhausaufenthaltes wieder eine sehr schmerzvolle Erfahrung für mich.

Vor jeder Untersuchung meldete sich die Angst vor einem erneuten Tumorwachstum zurück. Doch unser Gott war gnädig. Er schenkte nicht nur einen komplikationslosen Heilungsverlauf nach meiner großen Operation, sondern auch zahlreiche befundfreie Nachuntersuchungen, was jedes Mal eine große Erleichterung für uns bedeutete. Ich hatte stets einen Arzt zur Seite, der mich sowohl medizinisch kompetent als auch sehr einfühlsam durch diese Zeit begleitete. Gott schenkte mir im Laufe der folgenden Jahre Hilfe bei der psychischen Verarbeitung dieser Krankheitsgeschichte und neue körperliche Kraft. So kann ich meine Aufgaben im Alltag heute wieder zum großen Teil bewältigen.

Das Wunder, dass Gott mein Leben gerettet hatte, wurde mir besonders bewusst, als ich im Nachhinein erfuhr, dass ca. 70 % der Eierstockkrebs-Patientinnen innerhalb kurzer Zeit einen Rückfall erleiden – und ich durfte zu den 30 % gehören! Gott zeigte sich uns als der wahre Heiland, der Menschen heil werden lässt an Leib und Seele und bis heute Wunder tut.

Eine besondere Verbundenheit bleibt zu den Menschen, die treu für uns gebetet haben, manche jahrelang. Gebet ist ein ganz wichtiger Liebesdienst, der im Verborgenen geschieht. Heute möchte ich so ein Beter für andere sein.

Durch all die Erfahrungen, die Gott mir in dieser Zeit geschenkt hat, konnte ich ein tiefes Vertrauen zu ihm aufbauen. Ich hatte die Erfüllung seiner Zusagen persönlich erlebt.

Und dieses Vertrauen musste sich nochmals bewähren: Einige Jahre nach meiner Bauchoperation litt ich relativ plötzlich unter neurologischen Ausfällen wie Wortfindungsstörungen und Bewegungseinschränkungen. In meinem Gehirn war eine Hirnmetastase gewachsen, da die Chemotherapie nicht bis ins Gehirn vorgedrungen war, sich dort aber schon einige Krebszellen angesiedelt hatten. Es war ein neuer Schock für uns, aber er war nicht mehr so schwer wie bei der ersten Krebsdiagnose. Dieses starke Vertrauen, dass Gott mitgeht und mich auch wieder durch diese erneute Krankheitszeit tragen wird, war einfach da. Ich wusste von Anfang an: Ich muss da jetzt noch mal durch, aber mit Gottes Hilfe werde ich es wieder schaffen. Viele Menschen staunten über meine Gelassenheit. Ich konnte ruhig in die OP gehen.

Es war wieder ein Geschenk für uns, dass die Gehirnoperation, bei der der Schädel geöffnet werden musste, so komplikationslos verlief. Als ich aus der Narkose erwachte, konnte ich normal sprechen und alles bewegen. Jetzt stellte sich noch die Frage, ob sich nur im Gehirn eine Metastase gebildet hatte oder ob mein ganzer Körper inzwischen wieder vom Krebs befallen war. Ich muss sagen, vor dieser Untersuchung hatte ich mehr Angst als vor der Schädeloperation. Aber Gott schenkte uns auch hier ein gutes Ergebnis.

Die Reha brauchte Zeit, aber heute geht es mir größtenteils gut. Und ich kann dankbar sagen: Gott schenkte mir nicht nur einmal mein Leben neu, sondern sogar ein zweites Mal. Er hat alles in seiner Hand, ist barmherzig mit seinen Kindern und ein starker Fels in Lebensstürmen.

Es ist ein Wunder für viele Menschen, dass ich noch lebe und dass mein Glaube an Gott, den Allmächtigen, durch diese Lebenskrise gewachsen und gereift ist. Mein Leben ist für mich wertvoller geworden, ich kann besondere Augenblicke intensiver genießen und jeden Tag von Gott als Geschenk annehmen. Jeden Tag danke ich Gott, dass ich gesund aufstehen darf, und bitte ihn, dass er mir hilft, diese mir von ihm anvertraute Zeit sinnvoll zu füllen.

Dieser Lebensstil der Dankbarkeit führt zu einer grundsätzlichen Zufriedenheit. Ich habe gelernt, wie wichtig es ist, in guten Zeiten den Kontakt mit Gott zu pflegen, um dann auch die schweren Zeiten aus seiner Hand nehmen zu können. Er beschenkt uns mit schönen Lebenszeiten und will uns in schweren Tagen besonders nahekommen, um uns Halt und neue Kraft zu schenken. So kann ich sagen, dass diese Lebenskrise eine schwere Zeit, aber keine sinnlose Zeit war.

Gott zur Ehre möchte ich leben und von dem Wunder erzählen, das er an mir getan hat. Soli Deo Gloria.

Daniela Hofheinz, Jahrgang 1967, lebt mit ihrem Mann und ihrem Sohn in Stutensee. Sie ist kaufmännische Angestellte und liebt neben ihrer Familie die Musik, vor allem das Querflötespielen.

Welpenschutz

„Und wenn du mit mir oder Frau Ehlers einen Termin hast, dann kreuzt du da auch auf, ist das klar?"

Michael hatte Marcel am Jackenkragen gepackt und hielt ihn fest. Einige Schüler starrten die beiden an, tuschelten und lachten. Vorbeigehende Lehrer warfen ihnen skeptische Blicke zu, trauten sich aber nicht, sich einzumischen. Die meisten kannten „die vom Jugendamt, die immer zu Marcel wollen" schon und wussten, dass unsere Pädagogik oft anders aussah als ihre eigene. Es war ihnen ganz recht, dass wir taten, was sie nicht durften.

Wir standen vor der Schule, wo wir Marcel abgefangen hatten, nachdem er uns in den vergangenen Tagen immer wieder versetzt hatte. Das heißt, zumeist hatte er mich versetzt, und nun schlug Michael meine Schlachten. „Den müssen wir wohl mal maßnehmen", hatte er gesagt und beschlossen, dass wir Marcel vor Schulbeginn einen unangekündigten Besuch abstatten würden.

Ich stand daneben und schwankte zwischen Bewunderung für meinen Kollegen und der Stimme in meinem Inneren, die sagte: „So etwas kann man doch nicht machen!"

Doch offensichtlich konnte man das. Michael hielt den wütenden 14-Jährigen souverän in Schach und niemand mischte sich ein.

Marcel zappelte, wehrte sich aber nicht ernsthaft. Der Überraschungsmoment war uns gelungen. Seit einem Jahr wurde er nun schon von Michael betreut. Er hatte in dieser Zeit gelernt, dass mit „Herrn Reinke" nicht zu spaßen war, aber gleichzeitig das erste Mal die Erfahrung gemacht, dass es auch verlässliche Erwachsene gab, die für ihn da waren.

Vor sechs Wochen war ich zusätzlich zu Michael in den Fall eingearbeitet worden. Die Vorgeschichte war schnell erzählt: Marcel, ältester Sohn einer psychisch labilen Mutter, war aggressiv, beging Ladendiebstähle, zettelte immer wieder einen Streit mit seinen drei jüngeren Halbgeschwistern an und schwänzte gelegentlich die Schule.

Und nun war es meine Aufgabe, Elterngespräche zu führen, mit Polizisten zu verhandeln, Lehrer zu unterstützen und natürlich für Marcel da zu sein. Der Haken war nur, dass er das nicht wollte. Immerhin hatte er schon einen Betreuer und brauchte keine Berufsanfängerin von 24 Jahren, die noch dazu einen Kopf kleiner war als er. Auch seine Mutter konnte sich nicht recht vorstellen, warum sie ausgerechnet mit diesem „jungen Fräulein" über ihre Erziehungsmethoden sprechen sollte.

Michael stieß Marcel von sich und warf ihm einen letzten strengen Blick zu, bevor dieser in der Schülermenge verschwand. Es war 7:45 Uhr, unseren ersten Termin hatten wir beendet, einige weitere lagen vor uns.

So oder so ähnlich würde es diesen Tag, diese Woche über weitergehen. Immer wieder keimten Zweifel in mir auf, ob ich für die Arbeit in der ambulanten Jugendhilfe wirklich die Richtige war. Meine Kollegen wirkten auf mich so souverän, so tough; ich selbst fühlte mich schlichtweg überfordert. „Das braucht seine Zeit", hatte Michael gesagt, „noch hast du Welpenschutz."

Das „Maßnehmen", wie Michael es nannte, zeigte in den folgenden Wochen Wirkung.

Pünktlich zur verabredeten Zeit stand Marcel auch tatsächlich vor seinem Elternhaus, als ich vorfuhr, um ihn als letzten von drei Jungs abzuholen. Florian saß auf dem Beifahrersitz, Dennis auf der Rückbank. Wir waren auf dem Weg zur Sporthalle, wo wir uns regelmäßig mit einigen unserer Jugendlichen zum Fußballspielen trafen, um ihre Gruppenfähigkeit zu trainieren.

„Verpiss dich! Ich sitz vorne!" Marcel hatte die Beifahrertür aufgerissen und funkelte Florian provozierend an.

Florian stieg aus und baute sich vor Marcel auf. „Das kannste knicken, du Fettsack! Mach, dass du da hinten reinkommst."

Marcel hatte den Kürzeren gezogen und kletterte auf die Rückbank, wobei er darauf achtete, unbedingt Dennis anzurempeln. Dennis, mit elf Jahren der Jüngste der drei, schwieg. Auch ich schwieg und betete nur, dass die Fahrt einigermaßen reibungslos verlaufen würde. Die Stille im Auto war erdrückend; ich suchte fieberhaft nach Gesprächsstoff. Kurz zog ich in Erwägung, das Radio anzustellen, als Marcel mir zuvorkam.

„Hey, machen Se mal die Mucke hier rein ...", meinte er und hielt mir eine CD hin. Wenig später dröhnte Bushido aus den Boxen. Ich sehnte mich nach dem Feierabend.

Doch vorher musste ich noch das Fußballspiel hinter mich bringen. Ich war froh über meine zwei Jahre Vereinserfahrung in einer Mädchenmannschaft, die mir heute eine vollkommene Demütigung ersparten. Doch mithalten konnte ich bei Weitem nicht. Nach dem dritten Fehlpass lachte Florian neben mir höhnisch: „Wenn man's nicht kann, sollte man's lassen!"

Vielleicht hatte er recht. Ich wurde immer mutloser.

Im nächsten Zweikampf stieg er hart ein und drückte mich gegen die Bande. Ein roter Striemen zeichnete sich auf meinem Unterarm ab; das Spiel wurde unterbrochen. Ich hielt mir die Wunde und warf Michael einen Blick zu. Er schaute nur abwartend zurück.

„Pass mal auf, du Nasenbär, dafür gibt's Gelb. Noch so 'ne Aktion und ich stell ich dich vom Platz", hörte ich mich plötzlich mit fester Stimme sagen. Noch während Florian über meine Worte stutzte, legte ich mir den Ball für den Freistoß zurecht.

Mein Arm tat weh, dennoch fühlte ich mich ein wenig besser.

Ich war nicht die Einzige, die an diesem Nachmittag eine Rechnung mit Florian offen hatte. Auch Marcel hatte seine Niederlage im Kampf um den Beifahrersitz noch nicht vergessen und suchte nach einer Gelegenheit zur Revanche. Immer wieder provozierte er Florian mit kleinen Fouls. Als er diesem den Ball dann absichtlich in den Rücken schoss, brannten bei Florian die Sicherungen durch. Innerhalb von Sekunden saß er auf Marcel und schlug auf ihn ein. Der Erste, der reagierte, war Michael. Er rannte hinüber, packte Florian bei den Schultern und riss ihn von Marcel herunter. Marcels Lippe blutete und nur mithilfe von zwei anderen Kollegen konnte er an einem Gegenangriff gehindert werden.

Eine halbe Stunde später saß ich mit Marcel wieder im Auto. Diesmal hatte er den Beifahrersitz für sich, doch das schien ihm gleichgültig zu sein. Wir hatten beschlossen, dass Florian nicht gemeinsam mit Marcel heimgebracht werden sollte, und auch Dennis, der ohnehin schon genug Angst hatte, war bei einer Kollegin mitgefahren.

Marcel schaltete den CD-Player ein, in dem immer noch seine Bushido-CD steckte.

„Der Mist bleibt aus, wir müssen reden", entgegnete ich und machte das Gerät wieder aus.

Die Situation musste aufgearbeitet werden.

„Hey, Sie fahren falsch", unterbrach Marcel unser Gespräch, nachdem wir eine Weile gefahren waren.

„Du wirst schon zu Hause ankommen, hab mal keine Angst", sagte ich ohne weitere Erklärung. Ich hatte beschlossen, einen Umweg zu fahren, damit wir mehr Zeit für das Gespräch hätten.

„Ich kann hier nicht raus! Sie entführen mich", schimpfte Marcel.

„Das ist keine Entführung, das ist Pädagogik", antwortete ich und musste unweigerlich grinsen.

„Nächste Woche, gleiche Zeit, mach's gut", sagte ich, als wir schließlich vor Marcels Haus angekommen waren.

„Ich will nicht mehr mit zum Fußball, das ist scheiße da", protestierte er sofort.

„Sieh zu, dass du pünktlich hierstehst." Langsam fand ich Gefallen an den klaren Ansagen.

Im Büro war es hektisch, als wir die Dienstbesprechung beendet hatten. Das Telefon klingelte, Kollegen brachen zu ihren Terminen auf, einige Klienten erschienen zu Beratungsgesprächen.

„Wir müssen noch deinen Bericht über Familie Wiedmann durchsprechen", erinnerte mich Michael, als ich schon fast zu Tür hinauswollte. Wir setzten uns an den Tisch, und gerade als Michael den ersten Absatz korrigiert hatte, klingelte mein Diensthandy.

„Ehlers, ambulante Jugendhilfe", meldete ich mich und war in Gedanken noch bei dem Bericht.

Eine kurze Stille, dann eine kleinlaute Stimme: „Frau Ehlers?" Ich horchte auf.

„Hier ist Marcel, ich hab Mist gebaut. Können Sie zur Schule kommen?"

Ich stutzte.

„Ich bin in fünfzehn Minuten da, Marcel", antwortete ich dann und legte auf.

Michael blickte auf. „War das Marcel? Was ist los?"

„Ich weiß nicht genau. Er hat Mist gebaut und bat mich, in die Schule zu kommen", entgegnete ich und bemühte mich, den Stolz zu unterdrücken, der plötzlich in mir aufstieg.

„Er hat dich angerufen?" Michael sah mich überrascht an.

„Ja, mich", antwortete ich um einen möglichst neutralen Tonfall bemüht, doch dann musste ich doch grinsen.

Michael lächelte. „Okay, dann machen wir den Bericht später fertig. Du hast eine Krise zu bearbeiten!"

Ich zog meine Jacke über.

„Und wenn du Hilfe brauchst, ruf mich an, ja?", fügte er noch hinzu.

Ich nickte.

Ich würde ihn nicht anrufen, der Welpenschutz war vorbei.

Friederike Schwencke, Jahrgang 1983, lebt mit ihrem Mann und ihrem Sohn in Braunschweig. Als Sozialpädagogin arbeitet sie in der ambulanten Jugendhilfe, genießt aber momentan die Elternzeit. Sie mag Softball, Musik von Lincoln Brewster und Filme mit Bruce Willis.

Du sprichst in mein Leben

Wenn ich traurig bin, mich einsam fühl
  und sehe keinen Sinn.
Wenn ich schwach bin, enttäuscht von mir,
  müde, so wie ich bin.
Dann sprichst du in mein Leben, sagst,
  dass du mich liebst.
Hältst mir deine Hand hin; bist der, der mir
  alles gibt.
Du kennst meine Schwächen und stehst dennoch
  zu mir.
Heilst all meine Wunden, damit ich spüre,
  du bist hier.
Wenn mich Angst befällt und Zweifel dringt
  tiefer in mein Herz.
Wenn sich Dunkelheit in mein Leben mischt,
  statt Freude ist da nur Schmerz.
Dann sprichst du in mein Leben, sagst,
  dass du mich liebst.

Hältst mir deine Hand hin; bist der, der mir alles
gibt.
Du kennst meine Schwächen und stehst dennoch
zu mir.
Heilst all meine Wunden, damit ich spüre,
du bist hier.

Claudia Graumann, Jahrgang 1982, ist Erzieherin. Sie lebt mit ihrem Mann und ihren zwei Kindern in Woltersdorf (bei Berlin).

Erdacht

Ein neuer Anfang

Frustriert starrte Sandra auf ihr Hauptschulabschlusszeugnis. „Versagerin“, hallte es in ihrem Kopf wider. „Warum haben wir dich nur in die Welt gesetzt?“ Ihre Mutter hatte recht. Sie war ein Loser, zu nichts nutze, hier stand es schwarz auf weiß. Die fröhlichen Stimmen einiger ihrer ehemaligen Mitschüler drangen an ihr Ohr. Andere waren genauso enttäuscht und schweigsam wie sie selbst. Sandra seufzte, steckte das Zeugnis in ihre Tasche, rief den anderen ein kurzes „Tschüss“ zu und ging, ohne auf eine Erwiderung zu warten. Sie trottete langsam nach Hause, während ihre Gedanken um das schlechte Zeugnis kreisten. Was sollte sie nun anfangen? Sie hatte bestimmt keine Chance auf einen Ausbildungsplatz, die mittlere Reife würde sie niemals schaffen, und damit hatte sie auch keine Möglichkeit, Krankenschwester oder Altenpflegerin zu werden. Es waren nicht nur die Klassenarbeiten, auch die vielen Fehlstunden trugen zu dem schlechten Zeugnis bei. Sandra wusste, dass sie daran selbst die Schuld trug. Sie war oft einfach zu faul gewesen, um in die Schule zu gehen, oder hatte Magenkrämpfe vorgeschoben, um sich vor schwierigen Klassenarbeiten zu drücken. Geholfen hatte es ihr nichts, sie hatte die Arbeiten nachschreiben müssen. Einmal war sie sitzen geblieben, die neunte Klasse hatte sie freiwillig wiederholt, aber es hatte nichts gebracht. Sie war eben zu nichts nutze.

„Versagerin. Du bist genauso unzuverlässig wie dein Vater! Nicht mal mit Kondomen konnte er richtig umgehen, und was hat mir das eingebracht?“ Wie oft hatte sie diese Worte von ihrer Mutter gehört. Wie recht sie doch hatte! Sandra wischte sich eine Träne aus dem Auge und blinzelte, um weitere Tränen zurückzuhalten. Mitten auf der Straße würde sie nicht losheulen!

Zu Hause warf sie sich aufs Bett, stellte laute Musik an und vergrub ihr Gesicht im Kopfkissen, um ihre Verzweiflung hinauszuweinen. Doch sie fühlte eine solche innere Leere, dass selbst Tränen in ihr keinen Platz mehr zu haben schienen. Stattdessen drehte sie sich um und starrte an die Zimmerdecke. Eine Weile lag sie einfach nur so da. Selbst als die CD zu Ende war, konnte sie sich nicht dazu aufraffen, die Musik erneut anzustellen.

Irgendwann schlief sie ein und erwachte erst einige Stunden später. Beim Blick auf die Uhr erschrak sie. Bald würde ihre Mutter nach Hause kommen. Ihren Spott und ihre Beleidigungen konnte sie jetzt nicht auch noch ertragen, besser verschwand sie vorher.

„Obwohl ich es verdient habe“, sagte sie laut. „Sie hat ja mit allem recht.“

Schnell ging sie ins Bad, um zu duschen. Während das warme Wasser über ihren Körper lief, dachte sie nach. Wohin konnte sie heute Abend noch gehen? Ihre Klassenkameraden würden entweder feiern oder ihren Frust in Alkohol ertränken. Sandra hielt nicht viel davon, sich volllaufen zu lassen, und außerdem war sie pleite. Sie seifte sich ein, wusch sich die Haare und drehte erneut das Wasser an. Die warme Dusche tat so gut, am liebsten wäre sie ewig darunter stehen geblieben. Aber spätestens wenn ihre Mutter nach Hause kam, wäre Schluss damit. Seufzend stellte Sandra das Wasser aus und trocknete sich ab.

Während sie sich anzog, beschloss sie, zum „open: door" zu gehen. Seit eineinhalb Jahren nahm sie mehr oder weniger regelmäßig an diesen Jugendtreffen teil. Die Leute waren nett, und niemand machte sich über sie lustig, weil sie zu dick oder nicht schlau genug war. Dort würde sie bestimmt auf andere Gedanken kommen. Das war besser, als sich mit jemandem zu verabreden, und außerdem kostete es kein Geld.

Als Sandra aus dem Bad kam, merkte sie, dass sie zu lange getrödelt hatte. Ihre Mutter war schon zu Hause. Schnell verschwand sie in ihrem Zimmer. Ohne die Haare zu föhnen, strich Sandra ein paar Mal mit der Bürste darüber und eilte zur Tür hinaus. Ihre Mutter setzte zwar zu einem Redeschwall an, aber Sandra stürmte mit einem kurzen „Tschüss" an ihr vorbei, dann fiel die Tür hinter ihr ins Schloss.

Sie war zu früh am Gemeindehaus, es waren nur ein paar Leute da, die mit dem Aufbau dran waren. Anna begrüßte sie mit Küsschen auf die Wangen. „Na, wie geht es dir?“

Sandra brummte: „Ganz gut.“ Sie wollte jetzt nicht weiter darüber reden und Anna hatte auch gar nicht die Zeit nachzufragen: „Du, ich muss noch die Stühle stellen, hilfst du mir? Wir können uns nachher noch unterhalten, ich hab dich ja schon eine Weile nicht gesehen.“

Sandra half mit und bald trudelten immer mehr junge Leute ein. Während der Lobpreiszeit vergaß Sandra sogar zeitweise ihre trüben Gedanken, aber während der Andacht konnte sie sich nicht konzentrieren und grübelte vor sich hin. Zum Abschluss gab es Snacks und die meisten standen in Grüppchen zusammen und unterhielten sich.

„Jetzt schieß los!“, forderte Anna ihre Freundin auf. Sandra erzählte von ihrem Zeugnis, und Anna versuchte sie zu trösten, aber sie konnte ihr auch nicht weiterhelfen. „Ich bete auf jeden Fall für dich“, sagte Anna.

Als ob das jetzt noch etwas helfen würde!, dachte Sandra. Auch sie hatte gebetet, aber das war eben nicht genug gewesen. Martina, die Leiterin von „open:door“, kam später ebenfalls. Auch ihr erzählte Sandra von ihrem Frust. Die mitfühlenden Worte der jungen Frau munterten sie ein wenig auf.

Während der folgenden Tage und Wochen suchte sie nach einem Ausbildungsplatz und schrieb einige

Bewerbungen, doch immer wieder kamen Absagen. Zu Hause hielt sie es abends kaum aus, ihre Mutter machte sie oft fertig. Nur die Jugendtreffen und die Gottesdienste in der Gemeinde durchbrachen den tristen Alltag. Dort schöpfte sie neuen Mut. Doch mit jeder neuen Absage sank ihre Motivation, weitere Bewerbungen zu schreiben. Außerdem interessierten die meisten ausgeschriebenen Ausbildungsplätze Sandra gar nicht. Sie bewarb sich nur, weil sie endlich unabhängig von ihrer Mutter sein wollte. Mit einem Ausbildungsplatz würde sie auch etwas Geld haben und endlich von zu Hause wegkommen. Bald hatte sie die Hoffnung aufgegeben und betete nur noch aus Gewohnheit, dass irgendwie ein Wunder geschehen würde.

Nach einem Gottesdienst sprach Martina Sandra an: „Wie läuft's denn so?“

„Nicht so gut.“

„Hast du Lust, mich mal zu besuchen, dann könnten wir in Ruhe miteinander reden. Hast du am Dienstag Zeit?“

Zeit habe ich mehr als genug, dachte Sandra bitter. Laut sagte sie: „Ja, gerne.“

Am Montag nutzte Sandra das schöne Wetter, um mit ihren Freundinnen schwimmen zu gehen. Als sie nach Hause kam, lag wieder ein großer Umschlag auf dem Tisch, eine Absage auf eine ihrer Bewerbungen. Ihre Mutter begrüßte sie mit ein paar fiesen Bemerkungen, aber Sandra ließ sie einfach stehen und ging in ihr Zimmer, drehte die Stereoanlage laut und warf sich aufs Bett. Es hatte alles keinen Sinn! Wo war dieser Jesus? Vermutlich interessierte er sich auch nicht für sie.

Am nächsten Morgen war das schöne Sommerwetter vorbei. Der Himmel war grau verhangen und es nieselte den ganzen Tag. Sandra saß vor dem Fernseher, erledigte lustlos ein wenig Hausarbeit und wartete auf den Abend. Sie fuhr eine halbe Stunde früher los, um nicht mit ihrer Mutter zusammenzutreffen. Von der Haltestelle aus musste sie noch ein paar Minuten laufen. Es regnete immer noch, doch plötzlich durchbrachen ein paar Sonnenstrahlen die Wolkendecke. Sandra suchte den Himmel ab und entdeckte einen blassen Regenbogen. „Wie schön wäre es, wenn ich auch einen neuen Anfang machen könnte, so wie Noah damals!", seufzte sie leise.

Bald darauf war sie bei Martinas Wohnung angekommen. Als Sandra den Hausflur betrat, roch es schon richtig lecker. Von ihrer Gastgeberin wurde sie mit einer freundlichen Umarmung begrüßt: „Hey, du bist ja richtig früh dran. Komm rein, ich mach noch schnell alles fertig!"

Martina war gerade dabei, den Tisch zu dekorieren. Sandra konnte es kaum glauben, dass jemand sich ihretwegen solche Mühe machte. Nach dem Essen setzten sie sich zusammen ins Wohnzimmer. Zunächst unterhielten sie sich über Belangloses. Doch dann fragte Martina nach, wie es mit den Bewerbungen lief. Sandra redete sich ihren ganzen Frust von der Seele.

„Sicherlich hat meine Mutter recht und ich bin eine Versagerin“, schloss sie.

Martina ließ sich Zeit mit ihrer Antwort. Dann sagte sie: „Sandra, du hast recht, dass du durch dein Schwänzen einen großen Teil zu den schlechten Noten beigetragen hast. Sicherlich hättest du auch besser in den Arbeiten abgeschnitten, wenn du nicht so oft gefehlt hättest. Aber für Gott ist es nie zu spät, uns zu helfen. Selbst wenn wir Scheiße gebaut haben, kann er Dünger draus machen.“ Sandra musste bei diesem Beispiel unwillkürlich lachen. „Wie wär's, wenn wir noch zusammen beten?“

„Okay“, brummte Sandra ohne großen Enthusiasmus. Doch es tat gut zu hören, wie ihre ältere Freundin mit Gott über ihre Probleme sprach und ihn um Hilfe bat.

Zwei Tage später rief Martina sie an. „Sandra, ich habe mal mit einer Freundin gesprochen. Sie arbeitet in einem Seniorenheim und hat bei der Leiterin ein gutes Wort für dich eingelegt. Sie wäre bereit, dich als Azubi zu nehmen. Für die Ausbildung zum Pflegefachhelfer reicht dein Hauptschulabschluss.“ Sandra war zunächst baff. Sie konnte kaum glauben, was sie da hörte. Nachdem sie ein paar Fragen gestellt hatte, bot ihr Martina an: „Wenn du möchtest, komme ich heute Abend vorbei und helfe dir bei deiner Bewerbung.“

„Klar, gerne. Das ist echt super!“

Bis Martina am Abend kam, fragte sich Sandra immer wieder, ob sie träumte. Gemeinsam gingen die beiden die Bewerbung durch. „Wie stellst du dir deine Ausbildung eigentlich vor, Sandra? Wenn es da mal schwierig wird, gehst du dann trotzdem hin?“

Sandra druckste herum. „Na ja, ich weiß nicht. In der Schule hatte ich es mir ja auch vorgenommen, aber dann hab ich's nicht hingekriegt.“

„Ich denke, es wird dir ziemlich schwerfallen, weil du es nie geübt hast. Aber wenn du es wirklich willst, bekommst du das schon hin. Ich glaub an dich!“

Sandra wurde rot, so etwas hatte noch nie jemand zu ihr gesagt. Martina las sich die Bewerbung noch einmal durch, dann druckten sie diese aus. Gleich am nächsten Tag würde Sandra persönlich die Bewerbung im Altenheim abgeben.

Wie besprochen, bekam sie den Ausbildungsplatz. Sandra dachte an den Regenbogen. Nun hatte sie die Gelegenheit, noch einmal ganz von vorne anzufangen. Motiviert ging sie in der ersten Woche zur Arbeit. Abends zog sie sich in ihr Zimmer zurück. Ihre Mutter ließ sie in Ruhe. Doch bald fing diese wieder an, verletzende Bemerkungen zu machen. Auch auf der Arbeit lief nicht alles glatt. Und so kam bald der erste Tag, an dem Sandra unentschuldigt fehlte. Sie hatte ein schlechtes Gewissen und nahm sich vor, dass es nicht wieder vorkommen sollte. Zwei Wochen hielt sie durch, doch dann schwänzte sie erneut. Nach dem dritten Fehltag rief die Leiterin sie zu sich und stellte klar, dass sie ihren Ausbildungsplatz verlieren würde, wenn sie so weitermachte. Sandra wusste, dass sie sich ändern musste, aber wie sollte sie das schaffen? So oft hatte sie sich schon vorgenommen, nicht mehr zu schwänzen, aber wenn dann Probleme auftauchten, war es die einfachste Lösung. „Versagerin“, tönte es wieder in ihrem Kopf. Sie drängte diese Gedanken zurück. Lieber wollte sie sich an Jesus wenden. Er konnte ihr sicher helfen, sich zu ändern. Nachdem sie gebetet hatte, rief sie Martina an. Sie spürte einen Kloß im Hals, schließlich hatte die Jugendleiterin ihr geholfen, die Stelle zu bekommen. Bestimmt war sie nun verärgert. Martina lud Sandra erst einmal zu sich ein, damit sie in Ruhe reden konnten.

Mit gemischten Gefühlen machte Sandra sich auf den Weg, doch die Jugendleiterin empfing sie sehr freundlich. Nachdem sie ein wenig geplaudert hatten, kam ihre Freundin auf Sandras Schwänzen zu sprechen. „Ich denke, dass es sehr schwierig ist, vor Problemen nicht einfach davonzulaufen. Du hattest darin von deiner Familie wenig Unterstützung. Ich bete sehr oft für dich. Du bist keine Versagerin, du hattest nur einen schwierigen Start. Ich möchte dir ein Angebot machen. Zu meiner Wohnung gehört eine Mansarde. Wenn du möchtest, kannst du dort einziehen. Wir werden dann in einer Art WG leben, aber ich werde einige Regeln aufstellen, an die du dich halten musst. Eine davon ist, dass du nicht mehr die Schule oder die Arbeit schwänzt.“

Sandra war verblüfft. Sie hätte nie damit gerechnet, dass Martina ihr einen solchen Vorschlag machen würde. Der Gedanke, nicht mehr bei ihrer

Mutter leben zu müssen, war wundervoll. Pläne waren schnell gemacht und schon am nächsten Wochenende zog Sandra um.

Bald merkte sie, dass Martina es mit ihren WG-Regeln ernst meinte. Es lief nicht immer alles glatt. Wenn ihre „Pflegemutter“, wie Sandra sie nun scherzhaft nannte, darauf bestand, dass sie zur Schule ging, gab Sandra manchmal patzige Antworten. Und auch wegen der Hausarbeit gab es Streit. Doch Sandra lernte, dass man Konflikte auch friedlich beilegen kann.

An einem Regentag im April saßen die beiden im Wohnzimmer. „Schau mal, ein Regenbogen“, rief Martina plötzlich aus.

Sandra betrachtete den bunten Streifen am Himmel. „Ein neuer Anfang“, murmelte sie leise.

Diese Kurzgeschichte wurde von mir geschrieben und alle Rechte daran liegen bei mir.

Christiane Kathmann arbeitet als freiberufliche Lektorin und Texterin. Sie ist verheiratet und hat zwei kleine Kinder. Zu ihren Hobbys gehören Lesen, Schreiben, Gesellschaftsspiele und Musik.

Aimee

Sie konnte es immer noch nicht verstehen. Selbst nach zwei Wochen nicht. Und sie glaubte auch nicht, dass es irgendwann einmal so weit sein würde. Außer im Himmel. Aber noch war sie hier, auf Erden, und sie würde es so gerne jetzt schon verstehen. Vielleicht würde es den Schmerz ein wenig lindern.

Warum? Immer wieder die alte Frage: „Warum? Warum musste gerade mein Vater sterben? Er, der mein Halt war, mein Zufluchtsort auf Erden."

Die Tränen liefen nur so ihre Wangen hinab. Und sie ließ sie laufen. Das war das Einzige, was sie noch für ihren Vater tun konnte. Ihr geliebter Vater. Jetzt lag er hier, auf irgendeinem unwichtigen Friedhof in einer unwichtigen Stadt. Dabei war er der wichtigste Mensch in ihrem Leben gewesen. War das fair? Natürlich wusste sie, dass es ihrem Vater jetzt besser ging als jemals zuvor. Aber das tröstete sie nur wenig. Schließlich geht es bei der Trauer ja um den Trauernden.

Ich könnte schreien. Aber wer würde mir schon antworten? Sie seufzte laut. Seufzen war das Einzige, was sie sich an lauten Emotionen erlaubte.

Plötzlich vernahm sie neben sich ein Geräusch. Oder vielleicht spürte sie einfach die Gegenwart eines Menschen. Sie drehte ihren Kopf und da stand in einiger Entfernung ein Mann. Sie musste mehrmals blinzeln, um ihn durch ihren von Tränen verschleierten Blick besser erkennen zu können. Er war nicht mehr jung, aber für seinen Kleidungsstil eindeutig zu alt. Einen feschen Jeansanzug und – ach, du Schreck – einen Zopf, wenn auch nur einen kleinen. Er stand einfach da und schaute sie an. Er wandte sich nicht einmal ab, obwohl sie ihn eindeutig dabei ertappt hatte, wie er sie beobachtete. Seine Augen blickten so eindringlich und seine Miene war so ernst, dass sie sich ein wenig fürchtete. Was wollte er? Sollte sie einfach weggehen? Aber gerade in diesem Moment kam er näher. Langsam. Und mit jedem Schritt schien es, als würde ihn irgendetwas zu ihr hinziehen. Jetzt stand er nur noch einen Schritt von ihr entfernt und nun konnte sie auch seine Augen sehen. Sie waren sumpfgrün. Aber da war noch etwas. Etwas, das seine Augen verdunkelte. War es Ärger oder Unzufriedenheit?

„Aimee." Nur ein Wort mit seiner tiefen Stimme, und sie wusste, wer er war. Sie wusste, was seine Augen überschattete. Nur ein einziges Wort. Aber niemand sprach ihren Namen so voller Liebe aus wie ihr Onkel Joel. Und in diesem Wort lagen so viel Liebe und Mitgefühl.

„Aimee." Er nahm ihre Hände und drückte sie. Diese einfach Geste gab ihr so viel Trost, wie sie ihn während der vergangenen zwei Wochen von niemandem sonst bekommen hatte. Sie fühlte sich verstanden.

„Onkel Joel." Mehr brachte sie nicht heraus. Wieder liefen ihr die Tränen über die Wangen. Aber es waren die ersten Tränen der Heilung. Onkel Joel war da. Sie hatten sich noch nie gesehen, selten miteinander telefoniert, ab und zu einander geschrieben. Aber Onkel Joel war ihr so vertraut, so real. Sie zweifelte auch nicht daran, dass wirklich er es war, denn in seinen Augen konnte sie die Liebe zu ihrem toten Vater und zu ihr, seinem Patenkind, ablesen. Er war der beste Freund ihres Vaters und ihrer Mutter gewesen.

„Woher kommst du?", fragte sie, als der erste Gefühlssturm sich gelegt hatte.

„Zuletzt war ich in Lettland. Deshalb komme ich auch erst jetzt. Ach, Aimee, es tut mir so leid." Er nahm sie in den Arm. Sie konnte nur nicken, aber mehr war auch nicht nötig. „Wie geht es deiner Mutter?"

„Ich weiß nicht so genau. Nicht gut, nehme ich an. Aber ich habe nicht mit ihr gesprochen. Seit Papas Tod habe ich sie nicht mehr besucht."

„Aimee." Diesmal klang seine Stimme fast vorwurfsvoll. „Komm mal her! Komm, wir setzen uns hier auf diese Bank." Er zog sie mit sich, als befürchte er, sie würde weglaufen. „Was ist los? Warum hast du deine Mutter in der Zeit, in der sie dich am meisten brauchte, nicht besucht?"

„Ich konnte einfach nicht. Ich musste erst mal mit mir selber klarkommen. Ich habe mich in meiner Studentenwohnung verkrochen und geheult. Ich konnte nicht mal mehr Bibel lesen, weil ich Gott nicht mehr gehört habe und auch nicht verstand, warum er das getan hat."

„Ich kann dich wirklich verstehen, Aimee, aber das rechtfertigt immer noch nicht, warum du dich nicht um deine Mutter gekümmert hast. Das ist selbstsüchtig."

„Sie hätte mich auch anrufen können, Onkel Joel! Das hat sie ja auch nicht getan. Vielleicht bin ich ihr gleichgültig. Oder vielleicht kommt sie besser ohne mich klar."

Doch statt einer Antwort erklang erst einmal nur ein lautes Seufzen. Und in diesem Seufzen schwang sogar noch viel mehr Leid mit als in dem, das sie selbst vor einer halben Stunde ausgestoßen hatte.

„Ach, ihr dummen Kühe!", meinte er dann.

Aimee dachte erst, sie hätte sich verhört. Aber da wiederholte Onkel Joel den Satz noch einmal mit viel Nachdruck: „Ach, ihr dummen Kühe. Wie können zwei Menschen, die sich so nahestehen wie ihr, nicht ehrlich und offen miteinander reden? Das verstehe ich nicht. Kennst du denn deine Geschichte nicht?"

„Meine Geschichte? Was meinst du damit? Ich habe doch keine Geschichte?!"

„Jeder Mensch hat eine Geschichte. Eine Vergangenheit, eine Gegenwart und eine Zukunft. Aimee, kennst du die Geschichte deiner Vergangenheit?"

„Ich weiß nicht, was du meinst, Onkel Joel." Vielleicht war ihr Patenonkel in all den Jahren, in denen er schon als „Wander-Missionar" tätig war, etwas verschroben geworden.

„Deine Eltern haben elf Jahre lang gebetet und darauf gewartet, dass Gott ihnen ein Kind schenken würde. Viele in eurer Gemeinde haben mit ihnen gebetet und gefleht. Die Versuchung war groß, eigenmächtig in Gottes Handeln einzugreifen, aber ihnen fehlte einfach die Gewissheit, dass dies Gottes Wille war. Elf Jahre lang haben sie zugesehen, wie alle Paare in ihrem Umfeld Kinder bekamen, und sich mit ihnen gefreut. Und dann hast du dich plötzlich angemeldet. Du bist eine echte Gottesgabe. Das ist natürlich jedes Kind, aber du bist für deine Eltern und für alle, die damals mitgebetet haben, etwas ganz Besonderes."

„Ja, doch, das habe ich alles schon mal gehört. Ich glaube, ich habe mich einfach nur nicht wie etwas Besonders gefühlt."

„Und jetzt rate mal, wer dir den Namen ‚Aimee' gegeben hat: deine Mutter. Dein Name bedeutet ‚Geliebte' und genau so hat sie das auch gemeint. Du warst und bist und wirst immer geliebt sein – von ihr, deinem Vater und von Gott, der dich geformt hat."

Nach diesen Worten schwiegen beide. Lange. Aimee musste nachdenken. Das war eine gewaltige Aussage: Sie wurde geliebt. So war es damals und so war es immer noch und so würde es immer sein. Von Gott – natürlich, das glaubte sie – und von ihrer Mutter. Aber warum hatte diese sich dann so zurückgezogen? Warum hatte diese in den vergangenen zwei Wochen nicht ein einziges Mal angerufen?

„Onkel Joel, weißt du, warum sich meine Mutter nicht bei mir gemeldet hat?"

„Ja, sie hat mir geschrieben, warum: Deine Mutter ist keine Frau großer Worte. Ihr fällt es schwer, über ihre Gefühle zu reden. Aber, Aimee, Gottes Gebot, einander zu lieben, meint immer, dass du die Initiative ergreifen sollst: Du sollst deinen Nächsten lieben und es ihm zeigen. Und in diesem Fall bedeutet es, dass du für deine Mutter da sein sollst." Jetzt kramte Onkel Joel in seinem Lederrucksack und holte einen zerknitterten Brief heraus. Ich erkannte die Handschrift meiner Mutter. Er zog die zweite Seite heraus und hielt sie mir vor die Nase. Er hatte einen Satz unterstrichen: „Ich liebe Aimee so sehr. Und gerade deshalb habe ich Angst, sie mit meiner Liebe zu erdrücken. Ich will ihr Flügel der Freiheit schenken ..." Weiter konnte ich nicht lesen. Die Worte verschwammen vor meinen Augen.

Sie stand vor dem Haus, das ihr so vertraut war, in dem sie aufgewachsen und das ihr Zuhause war, in dem sie geliebt wurde. Die Blumen am Zaun und in den Blumenkästen blühten immer noch, obwohl bereits Oktober war. Das war sicherlich auf die liebevolle Pflege ihrer Mutter zurückzuführen. Es war ihre Art, ihre Liebe in Taten zu zeigen. Das hatte Aimee nun verstanden. Sie hatte sich zwei Tage Zeit genommen, um über die Worte ihres Onkels und den Brief nachzudenken. Und sie hatte erkannt: An jedem Tag ihres Lebens hatte ihre Mutter ihr ihre Liebe gezeigt, ohne sie einzuengen – mit dem Butterbrot, auf dem ein lachendes Gesicht zu sehen war; wenn sie ihr vorlas; wenn sie ihr geduldig Fahrradfahren beigebracht oder sie zur Schule gebracht hatte; durch die tollen Kindergeburtstage; dadurch, dass sie ihre Wäsche gewaschen und ihre Schuhe geputzt hatte … All diese unzähligen kleine Dinge des Alltags waren ein Zeichen ihrer Liebe gewesen.

Jetzt war sie hier und bereit für ihre neue Aufgabe. Aimee klingelte und wartete. Irgendwann wurde die Tür geöffnet und ihre Mutter stand im Türrahmen. Aimee erschrak. Wie sehr hatte der Kummer sie nur gezeichnet! Sie war dünner geworden, ihre Haare fahl; ihre Augen waren geschwollen. Aber dann, ganz langsam, zog ein Leuchten über ihr Gesicht. Es war, als hätte die Sonne die schwere Wolkendecke durchbrochen. Erst strahlten ihre Augen und dann lächelte ihr ganzes Gesicht.

„Aimee."

Die junge Frau ging zu ihr und drückte ihre Mutter fest an sich. „Ich liebe dich, Mama."

Agnes Peters ist 32 Jahre alt und lebt mit ihrem Mann und ihrer kleinen Tochter am Teutoburger Wald. Sie ist gelernte Erzieherin, genießt zurzeit aber das Muttersein.

Ich schaue dich an

Ich schaue dich an.
In meinem Gesicht sind deutlich die Spuren
zu sehen, die du bei mir hinterlassen hast.
Spuren von schönen Momenten.
Spuren einer Zeit, die mich glücklich machte.

Einer Zeit, in der es mich allein nicht gab.
Einer Zeit, in der wir zusammengehörten.
Einer Zeit, deren Erinnerungen mich nie loslassen
werden.
Einer Zeit, die viel zu schnell zu Ende ging.
Einer Zeit, die ich vermisse.
Einer Zeit, die Wunden hinterließ.
Einer Zeit, die ich festhalten wollte, obwohl ich sie
längst nicht mehr in der Hand hatte.

Ich schaue dich an.
Du siehst nicht so aus, als hättest du auch nur
ansatzweise das durchgemacht, was mich in den
letzten Tagen, Wochen, Monaten quälte.
Du hast scheinbar nicht nächtelang wach gelegen.
Du hast dir nicht den Kopf zerbrochen.
Dein Herz hat es nicht zerrissen.
Du hast nicht wochenlang von Erinnerungen
gelebt.
In dir war nicht dieser Schmerz.
Der Schmerz, dessen Herkunft man nicht
benennen kann.

Der Schmerz, gegen den man machtlos ist.
Der Schmerz, den man einfach aushalten muss, in der Hoffnung, dass er irgendwann vorbeigeht.
Ich schaue dich an und frage mich, wie ich den Abschied aushielt und wie ich deine Abwesenheit ertragen konnte.
Ich weiß es nicht.

Allein hätte ich es wohl nicht gekonnt.
Aber es gab einen, der mich nicht im Stich ließ.
Einen, der im Vergleich zu dir alle seine Versprechen hielt.
Einen, der meine Tränen trocknete.
Einen, der mir all das gab, was du mir nicht geben konntest, und noch so viel mehr.
Einen, der mir mein Lachen zurückbrachte.
Einen, der mich reicher beschenkte, als ich es je verdient hätte.
Einen, der meinen inneren Sturm stillte.
Einen, der auf mich aufpasste, als ich es selbst nicht konnte.
Einen, zu dem ich kommen kann, wie ich bin.
Einen, der mich gesund gemacht hat.
Einen, der die Wunden heilte.
Einen, der meine Hand griff, als ich drohte unterzugehen.
Einen, der alles in der Hand hat.
Einen, der einen anderen Plan für mich hat.
Einen Plan, der durchdacht ist.
Einen Plan, der größer ist, als ich mir vorstellen kann.

Einen Plan, der ganz anders ist als der, den ich für mein Leben gemacht habe.

Aber anders heißt nicht schlechter.
Es gibt einen, der es besser machen wird.
Besser, als ich es je könnte.
Darauf vertraue ich.
Irgendwann wird es besser.
Und ganz sicher sogar gut.

Janet Kuschert macht gerade in Barmstedt, nahe Hamburg, ihr Abitur. Sie liebt Ananas, isst aber keinen Rosenkohl und verbringt am liebsten den ganzen Tag im Pyjama.

Jenseits der Tränen

Irgendwer fand das kleine schlafende Mädchen früh am Morgen am Feldrand. Irgendwer wusste, was man in „solchen Fällen" macht, irgendwer setzte es in ein Auto, und ein paar Tage später fand es sich in einem Haus wieder, das Kinder aus „bösen Familien rettet" und „für einige Zeit" unterbringt. Gab es ein Wort in dieser Aussage, das keine Angst machte?

Es war Mittwoch, als Maren, eine der Erzieherinnen, das kleine Mädchen zum ersten Mal in dem großen Gruppenraum sah: zierlich, drahtig, die feinen

Gesichtszüge zu Eis gefroren. Kerzengerade saß die Kleine da, so als wolle sie die Last verstecken, die auf ihren Schultern lag. Mit einer Hand klammerte sie sich an einen zerschlissenen Teddy.

„Hallo, ich bin Maren." Sie reichte dem Mädchen die Hand.

„Sara", flüsterte die Kleine mit zitternder Stimme. „Sara heiße ich." Das klang fester. „Kann man das Fenster auch zumachen?", fügte sie hinzu.

Maren sah sie an, dann nickte sie. „Natürlich kann man das." Hastig lief die Kleine mit ihren kurzen Beinen zum Fenster und schloss es. Das tat sie von diesem Moment an immer, in jedem Raum, zu jeder Zeit. Niemals ließ sie die Fenster offen stehen.

Vom ersten Moment an schloss Maren dieses stolze Mädchen ins Herz. Sie ließ es möglichst nicht aus den Augen und versuchte, ihm die Eingewöhnung zu erleichtern.

Die ersten Wochen lachte Sara gar nicht. Pünktlich erschien sie zu jedem Essen, erfüllte ihre Aufgaben und mehr als das. Sie übernahm ständig Extrapflichten, half, sprang überall ein – aber sie selbst bat nie um Hilfe. Stattdessen ging sie ständig an Grenzen und weit darüber hinaus: Sie trug bei Umbauten die schwersten Gegenstände, schwamm in den kältesten Gewässern, übernahm die anstrengendsten Schichten … Einmal beobachtete Maren sie, wie Sara ein Feuer mit bloßer Hand ausschlug und dann regungslos ihre Hand beobachtete, während sich in rasender Geschwindigkeit Brandblasen auf der Haut ausbreiteten. Als Maren den Unglücksort erreichte, war es längst zu spät, und die Wundsalbe konnte nur noch Schaden mindern.

Ein anderes Mal sperrte sie sich selbst in den Geräteschuppen – so lange, bis sie zufällig einer der Jungs fand.

Es dauerte Tage, bis Sara die ersten Worte mit Maren wechselte, und Wochen, bis die Gespräche persönlicher wurden. Maren erzählte Geschichten von einem Gott, der sich kümmerte, immer da war und Sara niemals im Stich lassen würde. Sara hörte zu, reagierte jedoch nie auf diese Geschichten. Auch sonst sah Maren niemals ein strahlendes Lachen auf Saras Gesicht, nie Wut, nie schimmerten Tränen in ihren Augen. Es war, als seien ihre Gesichtszüge erstarrt – irgendwann.

Ein einziges Mal entdeckte sie Angst in diesem schönen Gesicht. Es kam ganz unvorbereitet.

Maren und Sara hatten gemeinsam im Garten gearbeitet und ein paar Blumen beschnitten. Sara hatte sich dabei an der Hand verletzt. Vorsichtig und sanft nahm Maren die Hand des Mädchens und streichelte über die Wunde. Sofort zog Sara ihre Hand weg, schaute Maren mit weit aufgerissenen Augen an und rannte panisch davon. Unsicher folgte Maren ihr und fand sie im Gartenschuppen. Sara saß mit dem Rücken zu ihr und riss ihre Wunde noch weiter auf.

„Sara, nicht! Was machst du da? Lass das … Was soll das denn? Du tust dir weh!“

„Ich hab's verdient!" Sie rief diesen Satz erst leise, dann immer lauter. „Ich hab's verdient! Ich hab's verdient!"

„Das hast du nicht verdient. Sara, hör mir zu, ich hab dich lieb! Ich hab dich lieb und Gott hat dich erst recht lieb."

Sara sah Maren mit angsterfüllten Augen an, und dann brach es aus ihr heraus: „Dann sag ihm, er soll mich in Ruhe lassen. Richte deinem Gott aus, dass er nicht bei mir vorbeikommen soll. Ich will ihn nicht bei mir haben. Es tut so weh. Ich will nicht, dass er mir wehtut, und ich kann ihn nicht lieb haben. Ich bin schwach! Ich bin viel zu schwach. Er soll das den andern sagen. Ich will damit nichts zu tun haben. Niemals."

Und dann brach sie in Marens Armen laut schluchzend zusammen und konnte gar nicht mehr aufhören zu weinen … alle Tränen, die sich aufgestaut hatten. Wildes Schluchzen schüttelte sie. Maren blieb bei ihr, unfähig, irgendetwas zu sagen. Ganz langsam ebbte der Strom ab. Danach saßen sie einfach nur still beieinander. Minutenlang? Stundenlang?

Irgendwann brach Sara das Schweigen. Zögernd begann sie zu sprechen. Sie nahm Maren mit in die Nacht, in der alles anders geworden war. Sie nahm Maren mit in das Leben, das sie Nacht für Nacht verfolgte, das ihr den Schlaf raubte und ihr Herz zerriss. Gemeinsam tauchten sie ein in das schwarze Loch, das alles in sich aufsog …

Fröstelnd kauerte sie auf ihrem Bett, das kleine Gesicht auf die Knie gestützt, die Beine eng umschlungen. Mechanisch strich sie sich die langen blonden Strähnen aus dem Gesicht und blickte in den dunklen Raum. Nicht weit entfernt lag ihr Teddy. Sie zog ihn an sich und streichelte ihm vorsichtig über das verfilzte Fell. Die Tränen hatten darin ihre Spuren hinterlassen – damals, als sie noch geweint hatte. Mit dem Finger malte sie seine Gesichtszüge nach, die schwarzen Augen, die ins Nichts blickten, den Mund, der mal gelächelt hatte.

„Du bist wohl auch zu schwach." Es war nur ein Flüstern. „Genau wie ich. Wir sind zu schwach."

Grelles Mondlicht kroch langsam durch das Fenster über den Fußboden zu ihr herüber. Instinktiv drückte sie sich noch weiter in die Ecke, doch die Wand strahlte eine unangenehme Kälte ab. Sie verkroch sich in ihre Decke auf der Suche nach Schutz und Wärme.

„Komm her, meine Prinzessin", hatte er zu ihr gesagt. Immer und immer wieder. Und dann hatte er sie auf seinen Schoß gesetzt und eine Haarsträhne genommen und damit gespielt und sie angesehen und an sich gedrückt und gestreichelt und … dann waren da die Bäume und die gelbe Sonnenblume, die sie krampfhaft ansah, und die Vögel, denen sie krampfhaft zuhörte, und dieses große schwarze Loch, das Schmerz und Angst und Einsamkeit und Hilferufe aufsog und sich im Nichts verlor. Dann nichts mehr … nichts.

„Ich hab dich so lieb, meine Prinzessin“, flüsterte seine Stimme, die rau und kratzig die Mauern durchschnitt.

Warum konnte sie ihn nicht lieb haben? Warum war sie so undankbar? Warum hatte sie nur die Schwäche ihrer Mama? „Feigling“ würde man sie nennen und „Monster“, weil sie ihren Papa allein ließ. Dennoch – sie würde gehen, noch in dieser Nacht.

Angestrengt lauschte sie in die Dunkelheit. Endlich war sein tiefes Schnarchen zu hören. Wie sie dieses Geräusch Abend für Abend herbeisehnte – ein Stück Sicherheit.

Beinahe geräuschlos bewegte sie ihren kleinen dünnen Körper aus dem Bett, den Teddy klemmte sie unter den Arm. Ihre nackten Füße glitten sicher über den kalten Steinboden. Sie hatte alles gut vorbereitet. Gestern nach Schule, Einkauf und Hausarbeit hatte sie ein paar Kleidungsstücke für sich und ihre kleine Schwester gepackt, etwas Brot aus dem Schrank genommen und eine Tafel Schokolade. Papa hatte es gemerkt und das Abendessen durch Kellerarrest ersetzt. Zum Glück war er nicht misstrauisch geworden.

Schritt für Schritt schob sie sich durch die Dunkelheit hin zu ihrem Kleiderschrank. Fürs Anziehen wollte sie keine Zeit vergeuden. Sie griff nach dem kleinen Bündel, schlüpfte leise durch ihre Zimmertür und schlich über den Flur zum Zimmer ihrer kleinen Schwester. Sie hatte sie nicht eingeweiht. Sie war einfach noch zu klein, um ein Geheimnis für sich zu behalten. Sie würde sie einfach nur wecken, sie an die Hand nehmen, und dann würden sie durch die Kellertür verschwinden. Die war nahezu geräuschlos und darum ein sehr guter Fluchtweg. Den Bollerwagen hatte sie bereitgestellt, gut versteckt hinter den Büschen natürlich. Sie würde ihre Schwester hineinsetzen und rennen, rennen, rennen.

Leise schlich sie sich an seinem Zimmer vorbei. Er schnarchte kurz auf. Sie erstarrte ... Hatte er was gemerkt? Vorsichtig schlich sie weiter, lauschte in die Dunkelheit hinein. Sein Bett knarrte, als sich sein schwerer Körper im Schlaf bewegte. Nein, bitte nicht ... weiterschlafen, oh Gott, lass ihn weiterschlafen! Jeder Schritt war ein Wagnis. Der Flur schien ihr unendlich lang. Endlich hatte sie das Zimmer ihrer Schwester erreicht. Erleichtert trat sie an deren Bett und streichelte sie vorsichtig. Die Schwester atmete kurz auf, drehte sich um und schlief dann weiter.

„Anna!" Sie zischte den Namen ihrer Schwester. „Aufwachen, wir machen einen Ausflug. An-" Sie brach ab. Einen Moment war sie nicht aufmerksam gewesen und so merkte sie es erst jetzt: Das Schnarchen war verstummt. Das kleine Fleckchen Sicherheit löste sich innerhalb weniger Sekunden in einen Ort des Schreckens auf. Szenen der Angst formten sich in ihrem Kopf zu einem einzigen Film: der dunkle Keller, die harte Schnalle des Gürtels, stundenlanges Knien auf dem harten Fußboden, die schweren Einkaufstüten, das Wimmern ihrer Schwester, das Blut, die 5 unter der Deutscharbeit, das Schluchzen ihrer

Mama, der schreiende Mund ihres Vaters, wie er sich weit öffnete und sie verschlang. Die Bäume und die gelbe Sonnenblume und der Schmerz und die Angst. Bilder, die sie lähmten, zu einem Strudel wurden, der sie in den Abgrund zog.

Sie hörte, wie er seinen Körper aus dem Bett schob – schnaufend, leise schimpfend. Alles drehte sich, und ohne dass sie merkte, was sie tat, öffnete sie das Fenster und sprang hinaus. Sie spürte nichts von dem Aufprall, spürte nicht, wie sie sich in den Busch unter das Fenster kämpfte, spürte nicht, wie das Blut aus ihren Knien rann, hörte nur seine Stimme, wie sie rau und kratzig die Dunkelheit durchschnitt, und sie rannte, rannte, rannte. Erst nach langer Zeit spürte sie ihren Körper wieder, die schweren Beine. Sie wurde langsamer, langsamer, immer langsamer und ließ sich schließlich am Rand eines Weizenfeldes zu Boden sinken. Zuerst war sie wie taub, nichts drang an ihr Herz. Das erste Bild, das sie sah, entriss ihr einen lauten, schmerzverzerrten Schrei. Vor ihrem inneren Auge sah sie blonde Locken, ein sanftes Gesicht, den Daumen im Mund, eingekuschelt in ihre Decke … so kleine Hände … so kleine Hände.

Wie eine Flut brachen die Tränen aus ihr heraus. „Es tut mir so leid! Es tut mir so leid, Anna.“ Laute Schluchzer zerrissen die Nacht, wurden immer seltener. Einmal noch bäumte sie sich auf. „Feigling!“, schrie sie. „Monster!“ Sie schlug auf sich ein, wieder und wieder, bis sie kraftlos zusammenbrach.

„Ich bin weggelaufen. Ich hab sie allein gelassen. Ich war so schwach, verstehst du? Ich war so schwach."

Saras Stimme verstummte. Maren brauchte einen Moment, um wieder in der Gegenwart anzukommen. Sie konnte nicht fassen, was dieses Mädchen schon gesehen und erlebt hatte – viel zu viel Schmerz für so ein zartes Herz. Sie wusste nicht, was sie sagen konnte. Jedes Wort erschien so leer. Wie konnte sie zu diesem gebrochenen Herzen durchdringen? Sekunden verstrichen. Dann meldete sich eine Mädchenstimme aus der Dunkelheit.

„Du kannst nichts dafür, Sara." Julia trat in den schwachen Schein der Gartenlampe. „Du kannst nichts dafür. Dich trifft keine Schuld. *Du* kannst nichts dafür. Ich weiß, dass du das heute nicht glauben kannst, dass es dein Herz nicht erreichen kann. Aber ich werde es dir morgen sagen und übermorgen und jeden Tag. Und irgendwann wird es in deinem Herzen ankommen. Du – kannst – nichts – dafür."

Sara und Maren sahen Julia verwundert an.

„Sorry, dass ich zugehört habe, aber ich lag hier grad rum, und dann habt ihr angefangen und na ja, ich wollte euch nicht unterbrechen. Und irgendwie ist es gut, dass ich es gehört hab. Sara, wenn Maren sagt, dass Gott dich lieb hat, dann ist das was ganz anderes. Es hat nichts mit deinem und nichts mit meinem Papa zu tun."

Sara schaute das ältere Mädchen an. Irgendetwas an der Art und Weise, wie Julia es sagte, ließ sie innehalten. Etwas in ihrem Herzen wollte weiter zuhören, erahnte irgendwo in weiter Ferne einen Sonnenstrahl, der vielleicht sogar für sie scheinen könnte.

„Komm mit." Julia nahm Sara an der Hand. „Ich will dir was zeigen." Die beiden Mädchen rannten über die Wiese, vorbei am Gruppenhaus, bis sie drei Birken erreichten. Maren folgte ihnen in kurzem Abstand. Ehe Sara sich versah, lag Julia im weichen Gras.

„Komm, leg dich neben mich.

Zögernd legte Sara sich neben Julia.

„Hörst du das?

Sara hörte nur den Wind, der leise durch das Birkenlaub tanzte.

„Die Blätter."

„Ja, die Blätter, der Wind lässt sie für uns tanzen und flüstern."

„Was sagen sie?"

„Ich seh dein Herz, das, was so weh tut. Ich seh deine Tränen und die Träume, die dir Angst machen, und ich seh, dass du nicht mehr kannst. Du musst nicht mehr rennen. Hier ist ein Zuhause für dich, das nicht wehtut. Hier wirst du versorgt, hier darfst du ausruhen." Jedes Wort, das dieses Mädchen neben ihr sagte, berührte etwas ganz tief in ihrem Herzen. Etwas Verborgenes. Mit unglaublicher Macht riss die Sehnsucht an ihr. Sie wollte mehr davon hören, auch wenn es nur Worte waren und tanzende Blätter und ein sanfter Abendsommerwind. Sie wollte etwas sagen, brachte aber kein Wort über die Lippen.

„Weißt du, was das Beste ist?“ Julias Stimme klang vorsichtig und ruhig. „Den Wind hörst du nicht nur in den Blättern, du spürst ihn auf deinen Händen, in deinem Gesicht, in deinen Haaren. Ganz sanft streichelt er dich. Warm und sanft und vorsichtig und erfrischend.

Liebe tut nicht weh, Sara. Gottes Liebe tut nicht weh, sie ist ein Zuhause.“

Maren hatte schweigend neben den Mädchen gesessen. Tränen liefen ihre Wangen hinunter. Keines ihrer Worte hätte bewirken können, was dieses Teeniemädel da gerade aus eigenem Erleben in Saras Herz schenkte.

Natürlich wusste Maren, dass der Weg noch weit war. Natürlich war jetzt nicht mit einem Mal alles gut. Natürlich waren noch so viele Fragen offen, noch so viele Wunden offen, noch so viele Narben verborgen und verscharrt. Aber hier und heute und jetzt – sie hatte keine Worte für das, was hier geschah. „Danke, Gott.“

Leise schlich sie davon, ließ die Mädchen allein. Sie wusste nicht, ob Sara es schaffen würde. Wie konnte man mit so etwas fertig werden? Wie konnte man so etwas verarbeiten?

Am nächsten Morgen waren Saras Gesichtszüge wieder starr. Nichts schien auf den Zauber der letzten Nacht hinzuweisen. Schweigend erfüllte sie ihre Aufgaben. Als die anderen lachten, blieb sie stumm. Nur das Fenster, das ließ sie heute offen stehen.

Christiane von Abendroth lebt mit ihrem Mann und ihrem Sohn in Hildesheim. Sie ist Lehrerin an einer Gesamtschule, genießt zurzeit jedoch ihren Erziehungsurlaub. Die Jugendarbeit in der FeG Hildesheim, das Zusammensein mit Menschen und die Musik gehören neben dem Familienleben zu ihren Begeisterungen.

Wundenheiler

„Mach nicht so ein Gesicht." Achim stieß seinen Freund David unsanft in die Seite. „Wir fahren ins Ferienlager, nicht ins Gefängnis."

„Wo liegt der Unterschied?", brummte David ungehalten. „Du bist mir einen großen Gefallen schuldig, wenn ich das hier überlebe." Während der Stunden im stickigen Bus hasste er sich dafür, dass er sich von Achim zu dieser Fahrt hatte überreden lassen. Ein christliches Zeltlager war der letzte Ort, an dem er seine Ferien verbringen wollte.

Achim glaubte an Gott. Er glaubte nicht nur irgendwie an eine abstrakte höhere Macht, sondern er glaubte an den ganzen Unsinn, der in der Bibel stand. An den Auszug aus Ägypten, an Wunderheilungen, an die Auferstehung und an das Jüngste Gericht. Manchmal war es zum Verrücktwerden mit ihm.

Schlimmer als die Fahrt in einem Bus voller singender und überdrehter Jugendlicher war die Wanderung zum Lager. Das Camp befand sich buchstäblich am Ende der Welt. Nachdem sie aus dem Bus gestiegen und mit Sack und Pack jede befahrbare Straße verlassen hatten, wanderten sie über eine Stunde lang mitten durch den Wald. David konnte es nicht fassen, dass er sich darauf eingelassen hatte.

Auf einer großen Lichtung bauten sie die Zelte auf. David war von Kopf bis Fuß verschwitzt und hatte schon jetzt genug von diesem albernen Zeltlager. Zur Krönung des Tages bekamen sie auch noch eine Predigt zu hören und saßen dann wie kleine Kinder ums Lagerfeuer.

„Gefällt es dir nicht wenigstens ein kleines bisschen?", fragte Achim am Abend, als sie nebeneinander in ihrem Zelt lagen und David missmutig die Plane über seinem Kopf anstarrte.

Er wollte Achim nicht die Stimmung verderben, aber anlügen konnte er ihn auch nicht. „Nicht wirklich", murmelte er deshalb tonlos. Er musste seinem besten Freund ja nicht unbedingt sagen, wie lächerlich er all das fand.

Achim wälzte sich raschelnd in seinem Schlafsack herum, sodass er David zugewandt war. Aus dem Augenwinkel sah dieser trotz der Dunkelheit, dass Achim sich aufgerichtet hatte.

„Du findest es furchtbar." Achims Stimme klang niedergeschlagen.

„Ach was, nicht furchtbar“, winkte David halbherzig ab. „Lass uns schlafen, okay?“ Er hatte keine Lust auf dieses Gespräch. „Wir haben morgen sicher eine Menge vor.“ Hoffentlich hatte das nun nicht zu spöttisch geklungen.

Sie hatten am nächsten Tag in der Tat viel vor. Nach dem Mittagessen galt es, das große Gemeinschaftszelt aufzubauen, das schon mehr als mitgenommen aussah. Der Gruppenleiter, der den albernen Spitznamen Sammy trug, hatte keine Ahnung von der Funktionsweise der Stangen und Streben, und so wurde der Zeltaufbau zur echten Herausforderung. Seltsamerweise fand David Gefallen daran.

Wie selbstverständlich übernahm er die Führung, als es zu improvisieren galt, gab Anweisungen und koordinierte. Der Erfolg blieb nicht aus und David erfüllte das mit Stolz und Genugtuung.

Sie hatten den gesamten Nachmittag mit dem Aufbau des Zeltes verbracht und so überhaupt keine Zeit mehr für irgendeine Predigt oder Bibelarbeit gefunden. Erst vor dem Abendessen, das ihnen allen als Pause gelegen kam, gab es wieder ein gemeinsames Gebet.

„Du kommst ja doch ganz gut mit den anderen zurecht“, meinte Achim zwischen zwei Löffeln Dosensuppe und strahlte David über den Teller hinweg an.

„Kann sein“, erwiderte dieser ein bisschen widerwillig. Solange sie nicht mit ihm über Gott sprechen wollten, waren die anderen Jugendlichen eigentlich in Ordnung. Aber das hätte er niemals laut gesagt.

„Klasse, wie du das mit dem Zelt schaffst", sagte Sammy und klopfte David freundschaftlich auf die Schulter. Sammy war Mitte dreißig, sah aus wie Mitte vierzig und benahm sich wie Mitte zwanzig. Ohne sein breites Grinsen schien man ihn nie anzutreffen.

„Wir brauchen noch ein paar Stangen", verkündete David nach dem Essen. Seine Anweisung, geeignetes Holz aus dem Wald zu beschaffen, stieß auf Gegenwehr.

„Das Ding fällt uns über den Köpfen zusammen, wenn wir es nicht stützen", erklärte er aufgebracht. Er hatte sich vorgenommen, seine Sache gut zu machen, und würde sich das nun nicht von der Faulheit der anderen vereiteln lassen.

Schließlich fanden sich einige Freiwillige, unter ihnen natürlich auch Achim, der vermutlich alles getan hätte, um seinen Freund bei Laune zu halten. Gemeinsam mit David übernahm er einen Großteil der Arbeit. Aus Sammys notdürftig ausgestattetem Werkzeugkasten hatten sie ein paar rostige Sägen mitgenommen. Nur Nägel gab es natürlich nicht. Sie würden ihre Konstruktion mit Seilen sichern müssen.

In der Dämmerung machten sich die Jungen an die schweißtreibende Arbeit. Vor allem David nahm seine Aufgabe sehr ernst. Sie mussten vor Einbruch der Dunkelheit fertig werden und bis dahin gab es noch jede Menge zu tun. Deshalb brachte es ihn auch zur Weißglut, als das erste Sägeblatt riss. Achim reichte ihm eine zweite, grobzinkige Säge, die so stumpf war wie die erste.

Und als David mit höchstem Kraftaufwand weitersägte, geschah es. Er rutschte ab, und das kantige Sägeblatt, das längst nicht so stumpf war wie angenommen, grub sich tief in seinen Handrücken.

Im ersten Moment war es nur der Schreck über das aus der Wunde quellende Blut, der David ein entsetztes Keuchen entlockte, aber dann kam auch der Schmerz.

„Verdammt", schrie er und presste die blutende Hand an den Oberkörper. Er spürte, wie ihm schwindlig wurde vor Schreck und Schmerz. Achim und ein zweiter Junge waren sofort an seiner Seite, stützten ihn und wollten sich die Wunde ansehen. Aber David ließ nicht zu, dass sie seine vor Schmerz pochende Hand anrührten.

„Finger weg!", herrschte er sie an und versetzte Achim mit der unverletzten Hand einen heftigen Stoß. Blind von den Tränen, die ihm in die Augen geschossen waren, taumelte David ein paar Schritte zurück und ließ sich auf den Boden sinken. Der Wald um ihn herum drehte sich bedenklich.

„Halt still." Achim kniete neben ihm und zwang ihn, seine verletzte Hand freizugeben, damit er einen Packen Taschentücher darauf pressen konnte. Der Druck auf die Wunde tat höllisch weh.

Gemeinsam brachten die anderen Jungen den verletzen David ins Camp zurück, wo Sammy zuerst vollkommen die Nerven verlor. Aber dann nahm er

David mit in sein Zelt, säuberte die Wunde und verband sie. Der Junge ließ all das über sich ergehen. Er war damit beschäftigt, nicht zu sehr an den pochenden Schmerz in seiner Hand zu denken.

„Das sieht gar nicht gut aus", sagte Sammy mit gerunzelter Stirn, und das Grinsen, das untrennbar zu ihm gehörte, war verschwunden. „Ich glaube, ein Arzt sollte sich das ansehen."

Dieser Gedanke gefiel David ganz und gar nicht, aber er hielt den Mund, weil er befürchtete, unfreundlich zu dem jungen Gruppenleiter zu sein, wenn er sein Schweigen brach. Der Schmerz und seine eigene Schwäche machten ihn wütend.

„Es wird bald dunkel", meinte Sammy mit einem Blick zum Himmel über der Lichtung. „Verflixt, wir können uns unmöglich noch heute auf den Weg ins Dorf machen."

„Ich halte es schon bis morgen aus", brachte David hervor und versuchte, ein einigermaßen optimistisches Gesicht zu machen. In seiner Hand pulsierte der Schmerz.

Sammy war von dem Gedanken, bis zum nächsten Tag zu warten, nicht begeistert, aber die Umstände ließen ihm keine andere Wahl. Sie würden bis zum Morgen hierbleiben müssen.

Im Laufe des Abends fühlte David sich immer elender. Mehrmals musste der Verband an seiner Hand gewechselt werden, weil der alte blutgetränkt war.

„So schlimm kann eine so kleine Verletzung doch unmöglich sein", schimpfte er, als es Zeit zu schlafen wurde und sich bereits wieder ein dunkler Blutfleck auf dem Verband bildete.

Achims Angebot, Sammy zu holen, schlug er aus. Er wollte nur schnell schlafen, damit bald Morgen würde und er dieses verflixte Zeltlager verlassen konnte. Aber er fand keinen Schlaf und weckte schließlich Achim, weil er es nicht mehr aushielt.

„Achim, es hört nicht auf zu bluten", flüsterte er gepresst in die Dunkelheit hinein, als er sicher war, dass sein Freund von seinem Rütteln wach geworden war. In der Tat spürte er deutlich das feuchte Blut, wenn er mit der gesunden Hand über den Verband strich. „Ich verblute, weil du mich in dieses blöde Zeltlager geschleift hast", verkündete er finster.

Sollte er Achim mit seinen Worten verletzt haben, so ließ dieser es sich nicht anmerken, denn er rappelte sich nur umständlich auf und kroch aus dem Zelt. Wenig später kam er mit einem sehr verschlafenen Sammy im Schlepptau zurück.

„Oje", sagte der Gruppenleiter und half David damit nicht im Geringsten weiter. Er wirkte ein wenig zerstreut. „Wir können doch nicht mitten in der Nacht quer durch den Wald wandern."

„Ich wandere überhaupt nirgends hin", fauchte David und entwand Sammy seine Hand. In der Tat fühlte er sich etwas schwindlig. Der Gedanke, den ganzen Weg bis ins nächste Dorf zu laufen – sei es in der Nacht oder am nächsten Morgen –, war unerträglich.

„Lass mich noch mal den Verband wechseln", sagte Sammy und streckte die Hand nach David aus. Aber der schreckte zurück.

„Das ist doch sinnlos. Du kannst ihn nicht alle dreißig Minuten wechseln."

„Na ja, ich kann schon, wenn es nötig ist", sagte Sammy hilflos und sah sich nach Achim um, der seit Minuten kein Wort mehr gesagt hatte.

„Lass gut sein", brummte David und gab sich gelassener, als er sich fühlte. Das Pochen in seiner Hand wurde immer schlimmer und zog sich mittlerweile bis über sein Handgelenk nach oben.

„Können wir für ihn beten?", fragte Achim plötzlich unvermittelt.

David wandte sich ruckartig zu ihm um, aber Achim mied seinen Blick.

„Niemand betet für mich", wehrte David ab, ehe Sammy etwas sagen konnte. Das hätte ihm gerade noch gefehlt.

„Warum nicht?", fragte der Gruppenleiter. „Was hast du denn zu verlieren? Schlimmer kann es ja fast nicht werden."

„Das ist doch lächerlich", sträubte David sich, aber als Sammy behutsam seine große Hand auf Davids verbundenen Handrücken legte, wich er nicht zurück.

„Herr, du hast gesagt, dass du unsere Wunden heilst", begann Sammy zu beten. „Heile jetzt doch Davids Verletzung oder nimm ihm wenigstens bis morgen früh die Schmerzen." Er redete noch weiter, aber David hatte aufgehört, ihm zuzuhören. Er fand die Situation schlichtweg grotesk.

Als Sammy zu Ende gesprochen hatte, zog David seine Hand zurück und kroch missmutig in seinen Schlafsack. „Was für ein Blödsinn", schimpfte er leise.

Sammy machte ein niedergeschlagenes Gesicht. „Versuch, bis zum Morgen zu schlafen, okay?" Sein aufmunterndes Lächeln war nicht ganz glaubwürdig.

„Tut es sehr weh?", fragte Achim, nachdem der Gruppenleiter gegangen war.

„Hm", machte David und drehte sich weg, um die dunkle Zeltwand anzustarren. In seinen Augen standen schon wieder Tränen.

Kurze Zeit später fand er tatsächlich Schlaf. Die Sonne war noch nicht aufgegangen, als er wieder erwachte. David brauchte einen Moment, ehe er sich erinnern konnte, wo er sich befand. Richtig, das christliche Zeltlager, Achim, der Unfall im Wald und das alberne Gebet.

Mühsam richtete David sich auf und bewegte dabei vorsichtig die Finger seiner linken Hand. Die Haut spannte unangenehm, aber das Pochen war verschwunden. War das möglich?

Mit der unversehrten Hand rieb David sich die Augen und wartete darauf, dass der Schmerz wiederkommen würde. Als nichts geschah, nestelte er im Dunkeln so lange an seinem Verband herum, bis dieser sich löste. Das Blut war angetrocknet, und die

Wunde brannte unangenehm, als er den Stoff davon entfernte. Behutsam tastete er mit den Fingern über die Stelle und fühlte zwei breite Schnitte, auf denen sich bereits Schorf gebildet hatte. Die Wunde hatte aufgehört zu bluten.

„Achim", flüsterte David in die Stille und stupste seinen Freund unsanft gegen die Schulter. „Achim, wach auf." Weil dieser nicht reagierte, schüttelte er ihn mit beiden Händen. Seine rechte ziepte dabei unangenehm und er zog sie wieder zurück.

„Was ist denn los?", brummte Achim verschlafen und richtete sich ein paar Zentimeter auf.

„Die Wunde heilt", sagte David mit belegter Stimme und fand selbst, dass das äußerst seltsam klang.

„Ist doch gut", meinte Achim nur. Er schien ihm im Halbschlaf kaum zuzuhören.

„Ihr habt dafür gebetet und jetzt heilt sie", flüsterte David ein bisschen lauter. Er wollte, dass Achim aufsprang und irgendeine Erklärung für diese Tatsache parat haben würde. „War das … hat das euer Gebet gemacht?" Er kam sich ein bisschen dumm vor, diese Frage auszusprechen. „Macht Gott so etwas?"

„Klar macht Gott so etwas", antwortete Achim schlaftrunken, kuschelte sich tiefer in seinen Schlafsack und begann Sekunden später wieder leise zu schnarchen.

David seufzte und betastete ungläubig seine Hand. Achim hatte die Neuigkeit für seinen Geschmack mit viel zu großer Selbstverständlichkeit aufgenommen.

Entweder sein Freund war wirklich sehr müde oder er hatte wirklich sehr großes Vertrauen, dass seine Gebete auch erhört wurden.

Melissa C. Feurer wurde 1990 in Mittelfranken geboren und ist Abiturientin des Jahrgangs 2010. Ihre Begeisterung für das Schreiben entdeckte sie bereits mit elf Jahren.

Des Regens Wege(n)

Ob er sich setzen könne?

Selbstverständlich. Die Tasche musste vom Platz. Ich starrte eine Zeitlang aus dem Fenster.

Was für ein Wetter!, sagte er vorwurfsvoll.

Mein Kopf wandte sich, der Blick blieb aber an einem Kaugummi hängen, das an den Sitz vor mir geklebt worden war. Ich überlegte, ob ich antworten sollte und wenn ja, was.

Aber dann entschied ich, dass es schon zu spät für eine Antwort war, und sagte einfach gar nichts.

Sein Anorak raschelte, und mein Arm wurde nass, weil Regenwasser am synthetischen Stoff abperlte. Unauffällig zog ich den Arm näher an meinen Körper.

Entschuldigung!, sagte er laut und übertrieben betont. Ich zuckte mit den Achseln und lächelte gezwungenermaßen.

So ein Sauwetter!, meinte er seufzend, wie zu seiner Entschuldigung.

Ich mochte Regen und wollte ihm nicht zustimmen.

Letztes Jahr waren es zu dieser Zeit schon 30 Grad im Schatten. Das Klima spielt verrückt, fand er.

Fand ich nicht.

Der Bus hielt und es stiegen eine Menge Leute aus. Wenn er sich aus dem engen Zweiersitz gelöst und sich einen anderen Sitzplatz gesucht hätte, der einem mehr Freiraum lassen würde, hätte ich ihm das nicht übel genommen.

Finden Sie nicht auch?, hörte ich ihn fragen.

Was?, erwiderte ich unwillig.

Ich wüsste schon, was er meine. Das mit dem Klima und dem schlechten Wetter.

Na ja, sagte ich. Wollte er mich etwa dazu zwingen, das Wetter schlechtzuheißen?

Der Bus fuhr wieder an.

Es kehrte für eine Weile Schweigen ein, und ich beobachtete an der Scheibe, wie die Tropfen durch den Fahrtwind zu Rinnsalen wurden.

Seine Schuhe seien durchweicht und er hätte gar keinen Schirm dabei.

Das war mir doch egal. Ich machte hmm.

Dass es aber auch gerade heute regnen musste!, seufzte er. Überhaupt seufzte er viel.

Ich mag Regen, murmelte ich.

Er schüttelte den Kopf. Nein, sagte er.

Wie bitte?

Nein, Regen mag man doch nicht.

Nun, ich mag Regen.

Blödsinn!

Ich sah ihn an und fragte mich, wie ich reagieren sollte.

Blödsinn!, wiederholte er.

Ich schüttelte einfach den Kopf und sah auf das Kaugummi.

Die Sonne brach hinten über den Feldern durch die Wolken und strahlte schräg durch den Regen. Ich fand es schön.

Ich muss die nächste raus!, sagte er.

Ah, machte ich. *Gut,* dachte ich.

Er habe früher hier gewohnt und sei oft mit diesem Bus gefahren. Aber das Landleben sei nichts für ihn, er sei ein Lebemensch! Jawohl, das sei er.

Ach so.

Er lachte. Ein dickes Mädchen habe ihn damals im Bus immer angehimmelt.

Tatsächlich?, fragte ich.

Ja, doch, beteuerte er. Jeden Morgen in diesem Bus, bis ich dann nach Freiburg gezogen bin.

Gott, das ist Jahre her.

Warum er sich gerade an sie erinnere?, erkundigte ich mich.

Er zuckte mit den Schultern, zog den Kopf ein. Keine Ahnung. Er sei ja damals nicht wählerisch gewesen, aber über dieses Mädchen habe er sich einfach nur köstlich amüsieren können.

Ach so.

Der Bus hielt.

Ich muss dann! War nett, mit Ihnen zu plaudern. Vielleicht sieht man sich ja noch mal?, zwinkerte er.

Tschüss.

Es regnete stärker, und ich sah ihm nach, wie er sich seine Aktentasche über den Kopf hielt und storchenbeinig über die Straße hüpfte. Zum Schmunzeln.

Der Bus fuhr los und ich war der letzte Fahrgast.

Als ich mich wieder den Bahnen des Regens widmete, war ich froh, als Mädchen pummelig gewesen zu sein. Ich war froh, umsonst geschmachtet zu haben.

Und ich war froh, dass heute, statt des dicken Mädchens von damals, der Regen weinte, ich aber lachen konnte.

Anne-Christine Samen ist 21 Jahre alt und studiert Germanistik und Multimedia am Karlsruher Institut für Technologie. Sie liebt Gedichte von J. P. Hebel und Annette v. Droste-Hülshoff, Filme wie „Die Geisha" und deren Soundtracks sowie Grill-, Film- und LAN-Abende mit ihren verrückten Freunden.

Lebenswende

Ob ich wieder lieben kann
trotz dem;
mich verschwenden, verschenken, offenherzig sein.
Es geht kaum, es geht nicht,
ich kann nicht, vertrau nicht.
„Kein Wunder“, sagen sie. „Kein Wunder!“

Ob ich wieder leben kann
trotz dem;
einen Augenblick genießen, entdecken, sein.
Es geht kaum, es geht nicht,
die Gedanken gehen mit, sie beschweren mich.
„Kein Wunder“, sagen sie. „Kein Wunder!“

Ob ich wieder glauben kann
trotz dem;
mich ihm anvertrauen, erwarten und Schritte gehen.
Es geht kaum, es geht nicht,
das Misstrauen ist da und es hält mich.
„Kein Wunder“, sagen sie. „Kein Wunder!“

Ob ich wieder glauben kann, lieben und leben,
den Gedanken entfliehen, lachen, vergeben.
Es geht nicht immer – aber es geht.
Ein Gedanke lässt sich nicht aus meinem Herzen wenden:
Gott ist gut; ihm gleitet nichts aus seinen Händen.
„Ein Wunder“, sage ich. „Das ist ein Wunder!“

Ein paar Gedanken zum Gedicht

„Kein Wunder" – das sagt man so häufig. Meistens dann, wenn etwas eintritt, womit wir schon gerechnet haben. Etwas, das wir erwartet haben, uns schon dachten.

„Kein Wunder" spiegelt unseren Erfahrungshorizont wider und bleibt auf das Menschliche, das Logische und scheinbar Normale beschränkt.

Wer rechnet denn auch schon mit etwas anderem?

Alles andere wäre ein Wunder.

Das Gedicht ist wie ein innerer Dialog zwischen dem Verwundeten und seiner Außenwelt.

Was mit „dem" gemeint ist, kann der Leser nur erahnen. Es wird nicht näher ausgeführt. Das gibt einerseits dem Leser Raum, sich mit seiner persönlichen Leiderfahrung in den Text hineinzustellen. Andererseits wird das Augenmerk nicht in die Vergangenheit und zur Ursache des Leids zurückgelenkt, sondern bleibt auf die Gegenwart und die empfundene Wirkung gerichtet.

Lieben, Leben und Glauben sollen die Grundbausteine des Lebens darstellen und Maßstab dafür sein, ob das Leben nach einer leidvollen Erfahrung wieder ins Lot gekommen ist.

Der Verwundete gesteht ehrlich ein, dass das noch nicht der Fall ist.

Die Antwort der Umwelt darauf ist „kein Wunder". Sie besiegelt die innere Not und lässt kaum noch Hoffnung auf Veränderung. Aber es gibt einen zweiten Ausgang der Geschichte, eine andere Möglichkeit, wie das Leben trotz „dem" wieder lebenswert wird, wie Lieben, Leben und Glauben trotz „dem" möglich ist:

Wenn Gott das Wunder tut, dass Misstrauen und schwere Gedanken nicht das letzte Wort haben.

Es ist ein Wunder, wenn der Gedanke im Herzen eines Menschen Wurzeln schlägt, dass Gott tatsächlich gut ist. Dass er es gut meint und gut macht und dass ihm nichts aus den Händen gleitet.

Wenn der Sturm des Lebens tobt und alle Traum- und Glaubenshäuser wegspült – er jedoch dieses Fundament dabei freilegt, dann ist nicht alles verloren. Dann ist sogar vieles gewonnen und das Leben kann auf einem festen Fundament neu gebaut werden.

„Kein Wunder", diese Aussage kann man von vielen Menschen immer wieder hören.

Die Erkenntnis, dass Gott tatsächlich ein Wunder in meinem Leben getan hat, ist dagegen häufig eine persönliche Entdeckung und stellt sich mit Macht der Masse entgegen.

Renate Keller ist 29 Jahre und lebt zusammen mit ihrem Mann Steffen und ihrer kleinen Tochter in Oppenheim am Rhein. Dort leitet sie die Kinder- und Jugendarbeit der Ev. Stadtmission und liebt es, wenn sie erlebt, wie Gott einen Menschen berührt und verändert.

Der Schrei meines Herzens

Es war ein verregneter Samstagnachmittag, als Sara den schon leicht verstaubten Karton aus ihrem Bettkasten hervorzog. Lange war es her, dass sie diesen Karton hier in der hintersten Ecke verstaut hatte.

Als sie ihn öffnete, merkte sie, wie ihr Herz schwerer wurde. Im Karton befanden sich ihre Tagebücher, die sie über die Jahre geschrieben hatte.

Dennoch griff sie sich, ohne zu zögern, ein dickes selbstbemaltes Buch heraus. In dieses Buch hatte sie in der Vergangenheit so viele Erinnerungen niedergeschrieben und geklebt, dass man es nicht mehr richtig schließen konnte.

Sie öffnete es und begann zu lesen …

15.06.2004

NEEEEEEEIN … nicht schon wieder …

Es ist grade mal 2:53 Uhr und ich liege hier schon wieder schweißgebadet in meinem Bett. Hört es denn nie auf, Gott?

Schon diese Zeilen trieben Sara die Tränen in die Augen, die Erinnerungen wurden wieder zu Bildern in ihrem Kopf, doch sie blätterte noch ein paar Seiten zurück …

23.01.2004

Liebes Tagebuch,

du wirst es nicht glauben, aber ich habe es heute tatsächlich getan: Ich bin heute zum ersten Mal auf die Toilette gegangen und habe mich übergeben. Es war gar nicht so schwer wie befürchtet. Nun ja, mein Hals tut schon etwas weh, aber wenn ich das jetzt öfters mache, gewöhnt er sich schon daran …

Als sie diesen Tagebucheintrag las, schluckte Sara einmal tief. Obwohl jetzt schon über fünf Jahre vergangen waren, waren die Bilder immer noch so präsent. Sie las weiter …

09.02.2004

Liebes Tagebuch,

es wird von Tag zu Tag immer einfacher, sich zu übergeben. Zuerst habe ich es ja mit dem Finger probiert, aber da würgt man mehr, als dass da tatsächlich was rauskommt. So habe ich mir einen Strohalm zu Hilfe genommen und jetzt klappt es schon viel besser.

Ich hoffe ja immer noch, dass Mama und Papa nichts mitbekommen. Ich glaube, bis jetzt haben sie nichts bemerkt …

Sara schluckte nochmals tief und legte das Tagebuch zur Seite. Als sie ihren Blick senkte, fiel er auf ein weiteres Buch in dem Karton. Dieses Buch war anders als die anderen. Es war weder bunt verziert oder bemalt, es war einfach nur schlicht. Sie wusste sofort, welches Tagebuch das war: Es war das Buch, in dem sie ihre bisher schlimmsten Erlebnisse und dunkelsten Tage festgehalten hatte.

Sie zögerte wiederum einen Moment, schlug es aber dann doch auf und begann zu lesen …

01.03.2003

Liebes Tagebuch,

ich weiß gar nicht, wie und wo ich anfangen soll, aber heute ist was Schlimmes passiert. Ich fand es jedenfalls schlimm! Daniel wohl gar nicht – ganz im Gegenteil, ich glaube, ihm hat das sehr gut gefallen …

Aber ich fang am besten mal von vorne an …

Wir waren heute zusammen schwimmen, und als wir zu ihm nach Hause kamen, war ich so müde, dass ich bei ihm auf dem Bett eingeschlafen bin. Ich habe keine Ahnung, wie lange ich geschlafen habe, aber als ich aufwachte, lag Daniel plötzlich hinter mir im Bett. Zuerst habe ich mir dabei ja nichts gedacht, aber dann habe ich seine Hände auf meinen Brüsten gespürt … HALLO?! Ich habe mich total erschrocken und mich auch sofort zu ihm umgedreht. Ich habe ihn gefragt, was er da macht und was das soll! Aber stell dir vor, er hat mich nur angegrinst und meinte, ich solle mich nicht so anstellen.

Ich stell mich doch nicht an, oder?

Ich habe mich doch nur so doll erschrocken, weil ich damit überhaupt nicht gerechnet hatte und auch weil ich das gar nicht wollte ...

Die Zeilen weckten Saras Erinnerung an diesen Tag, den Tag, an dem alles angefangen hatte ...

Als sie an diesem Abend von Daniel nach Hause fuhr, war nichts mehr wie zuvor. Zuerst dachte sie, es wäre ja vielleicht nur ein Versehen gewesen, sie *wollte* es sogar glauben. Glauben, dass so etwas nicht noch einmal vorkommen würde, glauben, dass sie sich in Daniel doch nicht getäuscht hatte.

Er war, genau wie Sara, in einer christlichen Familie groß geworden und hatte sich auch schon persönlich für ein Leben mit Jesus entschieden.

Dennoch schien ihn das nicht zu hindern.

Doch schon bei ihrem nächsten Treffen sollte Sara feststellen, dass es sich beim letzten Mal nicht um ein Versehen gehandelt hatte. Vielmehr nahm die körperliche Nähe eine immer zentralere Rolle in ihrer Beziehung ein. Es wurde normal, dass sie sich in Daniels Zimmer einschlossen, sich gegenseitig auszogen und sich in sein Bett legten. Sie redeten immer weniger miteinander, und wenn doch, dann ging es um die „eine Sache".

Sara spürte innerlich zwar jedes Mal, dass es ihr unangenehm war und dass sie so eine Beziehung nicht wollte und nicht bereit dafür war, dennoch gelang es ihr nur selten, Daniel das auch mitzuteilen und sich ihm zu widersetzen. Er lachte dann nur und sagte, dass sie sich nicht so anstellen solle, da ja schließlich nichts Schlimmes dabei wäre.

Blind vor Verliebtheit und in ständiger Angst, sie würde ihn verlieren, wenn sie seine Berührungen und Annäherungen zurückwies, unterdrückte Sara letztendlich ihren inneren Aufschrei und fügte sich Daniel. Doch jedes Mal, wenn es vorbei war und sie nach Hause fuhr, fühlte sie sich von den Ereignissen hinter Daniels verschlossener Zimmertür beschämt und angeekelt.

Ihre Eltern bemerkten zwar, dass sie immer stiller wurde, obwohl sie sonst sehr extrovertiert war, und dass sie sich auch immer häufiger alleine in ihr Zimmer zurückzog. Sie schöpften jedoch keinen Verdacht, schließlich steckte ihre dreizehnjährige Tochter mitten in der Pubertät, und wie sollten sie auch auf die Idee kommen, dass sie von ihrem Freund sexuell missbraucht wurde?

Sara wischte sie sich die Tränen ab und atmete tief durch. Die Erinnerungen, die beim Lesen der Tagebücher in ihr aufstiegen, waren zwar schon verarbeitet und die Beziehung zu Daniel war längst beendet, dennoch waren die Ereignisse nicht spurlos an ihr vorübergegangen.

Sie hatte damals angefangen, sich selbst die Schuld an Daniels Verhalten zu geben, und begonnen, sich selbst und ihren Körper dafür zu hassen. Obwohl Sara von Gottes Liebe und seiner Vergebung wusste, äußerte sich dieser Selbsthass in immer häufigerem Erbrechen nach dem Essen.

Viele hielten sie für ein hübsches Mädchen und sagten es ihr auch, doch Sara wollte es weder hören noch sehen. Sie wollte für niemanden mehr schön sein. Zu groß war die Angst, einem Jungen zu gefallen und wieder in so eine Beziehung zu geraten.

Ohne die Kontrolle über ihr Verhalten zu haben, versuchte sie alles „Schöne" an sich zu beseitigen, und rutschte so in die Bulimie und nach einigen Wochen in die Magersucht hinein. Nun bemerkten auch ihre Eltern, was mit ihrer Tochter geschah, und sie ließen Sara in eine Spezialklinik für Essstörungen zwangseinweisen. Sie wog zu diesem Zeitpunkt bei einer Körpergröße von 1,65 Metern nur noch 38 Kilo.

Statt der erhofften Gewichtszunahme fing sie in der Klinik jedoch an, sich selbst zu verletzen. Zu tief saß der Schmerz, den sie durch Daniel körperlich wie seelisch erlitten hatte. Sie verbrachte die nächsten vier Monate in der Spezialklinik, nahm aber nur wenige Kilo zu und wurde von den Ärzten aufgegeben und schließlich entlassen. Ihre Selbstverletzungen nahmen in dieser Zeit immer mehr zu.

Sara realisierte mittlerweile, dass sie ohne Gottes Hilfe keinen Weg aus der Essstörung und der Selbstverletzung finden würde, und nahm das Angebot ihrer Eltern an, in eine christliche Therapieeinrichtung zu gehen.

Viele Menschen aus ihrem Umfeld bewundern sie heute, da sie nach einigen Monaten Therapie ihre Sucht besiegen konnte und heute ohne sie leben kann. Sie sagt aber jedes Mal, dass sie es ohne Gottes Liebe, Gnade und Geduld nie geschafft hätte. Denn einer Sache war sie sich die gesamte Zeit über gewiss, auch wenn sie es manchmal nicht wahrhaben wollte: Gott ging jeden einzelnen Schritt ihrer Therapie mit und half ihr jedes Mal auf, wenn sie gefallen war.

Heute, viele Jahre nach diesen Ereignissen, ist Sara glücklich verheiratet, und nur noch ein paar Narben erinnern sie an diese Zeit.

Johanna Sternberg ist seit 3 Jahren mit ihrem Mann Christian verheiratet. Sie ist gerne in der Natur unterwegs und entspannt sich mit einer Tasse Kakao beim Puzzeln.

Jahrestag

Ich wusste, irgendwann würde ich so weit sein. Tief in meinem Inneren wusste ich es; auch schon damals.

Ich erinnere mich noch an jene Nacht im Februar, die in meinen Erinnerungen wie eine Marke auf dem Zeitstrahl meines Lebens heraussticht, wie ein Post-it auf Seite 262 meines Lebensromans, die sich bei jedem Blättern wie von selbst aufschlägt. Noch immer rieche ich die muffigen Vorhänge, das überreichlich versprühte Deodorant, das Friteusenfett vom Galaabend, schmecke salzige Meerluft und Schmorgemüse, den Sekt.

Der 26. Februar ist ein sonniger Tag, wolkenlos. Nachts ist das Wetter abgekühlt. Der Himmel ist sternenklar. Draußen auf dem Parkplatz wird es selbst mit Jacke zu kalt. Also gehe ich rauf. Allein.

Hinter mir fällt die Zimmertür ins Schloss. Ich mache kein Licht, stolpere beinahe über eine Reisetasche, lasse mich auf meine Bettkante sinken, nehme noch einen Schluck aus dem Sektglas. Meine Augen gewöhnen sich an das schwache Licht, das durch das Fenster hereinscheint. Es ist zwei Tage vor Neumond.

Schon oft habe ich mir ausgemalt, wie es sein könnte, wie es sein würde … aber natürlich bin ich zu feige. Ich schäme mich dafür, dass ich über so etwas nachdenke, verdränge die Gedanken, um meine Selbstachtung zu wahren.

Bass und Rhythmus dröhnen herauf, kreischendes Auflachen von zu viel Alkohol und schlechten Witzen. Ich erkenne jede Stimme, versuche, nicht hinzuhören, aber penetrant dringt alles durch die zu dünne Decke. Ich sehe sie vor mir, wie sie zusammenstehen, kenne die Cliquen und ihre Gesprächsthemen, weiß, über was sie lachen und über wen sie herziehen. Ich trinke einen Schluck. Popmusik und

Gegröle dröhnen in meinen Ohren. Etwas kippt um, lautes Johlen. Jede Menge Spaß. Glas zerspringt.

Dieses Geräusch, das Knacken von Glas, das unter zu hohem Druck auseinanderbricht, die winzigen Scherben, die kaum hörbar auf den Linoleumboden rieseln, das Übereinanderschieben scharfkantiger Glasstücke. Dieses Geräusch würde ich noch auf hundert Metern Entfernung heraushören. Es hat sich eingebrannt. Nie werde ich es vergessen.

Ich fühle mich matt, meine Hände sind feucht. Erst als eine rote Scherbe in meiner Hand Laternenlicht reflektiert, bemerke ich, dass es mein Glas war, das zersplittert ist, und nehme die klaffenden pulsierenden Querlinien an meinen Unterarmen wahr. Nur langsam spüre ich ein Kribbeln in meinen Armen, das sich zunehmend zu einem pochenden Schmerz aufbäumt. Ich zittere, die Scherbe fällt zu Boden, leise klirrend, der Aufprall von Flüssigkeit gedämpft. Es wird dunkel.

Wieder sitze ich auf der Bettkante. Jahrestag. Beim alltäglichen Grübeln am Post-it meiner Erinnerungen hängengeblieben. Ich betrachte meine Handgelenke – wie in jener Nacht. Sie zittern, mein Herz pocht schnell, mein Atem stockt. Mit dem Daumen fahre ich sanft über die weiße Narbe; sie verschwimmt. Ich wische mit dem Ärmel über meine Augen. Höre Schluchzen, bevor ich merke, dass es von mir stammt. Ich bin wieder allein.

Wie schwach ich bin; wie armselig, sich selbst so etwas angetan zu haben, sich immer wieder antun zu wollen. Ich sehe die Narben, spüre die Wunden – noch immer, für immer. Gefangen in dem, was ich nicht sein will und doch bin. Einmal und nie wieder, habe ich mir geschworen, habe ich versprochen. Ein leichtsinniges Versprechen. Ich konzentriere mich auf meinen Atem, versuche, das Zittern zu unterdrücken. Höre auf die Stimme, die mir sagt: „Alles wird gut!“, und versuche, es zu glauben. Ich lausche meinem Herzschlag.

Jede Minute pumpt mein Herz mehr als fünf Liter Blut komplett durch den Körper. Das ist die gesamte Menge Blut, die sich in meinem Körper befindet. Blut versorgt die Organe mit Sauerstoff, transportiert Hormone, Nähr- und Schadstoffe, reguliert die Körpertemperatur und ist Teil des Immunsystems. Ab zwei Litern Blutverlust verliert ein Mensch das Bewusstsein, wenig später tritt der Tod durch Verbluten ein.

Warum weiß ich so etwas? Mein Hals ist trocken. Ich beiße mir auf die Unterlippe und wünsche mir …

Da spüre ich, dass er da ist, dass er direkt neben mir sitzt, mir den Arm um die Schultern legt. Er drückt mich an sich und flüstert in mein Ohr: „Ab jetzt stehen wir das zusammen durch.“

Ich spüre die Tränen auf meine Hände tropfen, möchte etwas sagen, aber mir fehlen die Worte. Schweigend sitze ich da, mit geschlossenen Augen. Wie lange, weiß ich nicht. Als ich aufsehe, ist das Bett neben mir leer. Meine Narben jucken. Ich betrachte sie und etwas ist anders. Lange genug haben sie bestimmt, wer ich bin, was im Zweifelsfalle meine Alternative ist, wo mein Leben dranhängt. Ich stehe auf und betrachte mich in meinem Wandspiegel. Ich sehe verschränkte Arme, ein erschöpftes Gesicht mit blassen Wangen und rot geweinten Augen. Aber in ihnen schimmert ein neuer, unbekannter Glanz. Ich bin allein in meinem Zimmer. Aber er hat sich nicht einfach in Luft aufgelöst. Er hat die Marke gelöscht, hat den Post-it mitgenommen und eine neue Seite aufgeschlagen.

Die Arme streifen Altes ab. Ich schließe die Augen, rolle die Schultern nach hinten, strecke meinen Rücken und atme tief ein. Es riecht frisch. Als ich die Augen öffne, lächelt das Gesicht im Spiegel vorsichtig. Endlich, endlich bin ich so weit.

Fredrik Wagener (*1985) studiert in Bielefeld Erziehungswissenschaften, Theologie und Mathematik auf Lehramt. Neben Lesen, Schreiben, Geschichten erzählen und einer Leidenschaft für Wort-, Knobel- und Gesellschaftsspiele füllen seit Kurzem auch Medienpädagogik, Theater- und Regiearbeit seine Freizeit.

Ich staune

Ich stehe am Meer und kann nur staunen!
Staunen über die wundervolle Schöpfung Gottes.
Ich höre das Rauschen der Wellen,
wenn sie sich überschlagen und schäumend ans Ufer rollen.
Ich sehe die Möwen, wie sie ihre Flügel schwingen
und über das blaue Meer schweben.
Ich blicke am Horizont entlang
und sehe die unglaubliche Weite des Meeres –
unvergleichlich mit der Größe meines Schöpfers.
Ich sehe die Schöpfung Gottes und kann nur staunen!

Ich stehe am Meer und kann nur staunen!
Staunen über die Herrlichkeit Gottes.
Ich sehe, wie sich früh am Morgen die Sonne zaghaft erhebt
und ihre Strahlen mit einer leuchtenden Farbenpracht
hinter den Wolken hervorscheinen.
Ich sehe, wie der Himmel sich langsam verfärbt
und in verschiedenen Orange- und Gelbtönen
mit vereinzeltem Rosarotschimmer
die Herrlichkeit meines Schöpfers widerspiegelt.
Ich höre die Möwen, wie sie ihre morgendliche Lobeshymne
auf den Herrn anstimmen, und kann nur staunen!

Ich stehe am Meer und kann nur staunen!
Staunen über die unbegreifliche Allmacht Gottes.
Nicht im Traum hätte ich es mir schöner ausmalen können.
Ein ganz gewöhnlicher Sonnenaufgang,
und doch erzählt er von der grenzenlosen Allmacht meines Schöpfers.
Versonnen lasse ich meinen Blick über das Meer schweifen
und entdecke das Angesicht Gottes in seiner wunderbaren Schöpfung.
Ich sehe die Schöpfung Gottes und kann nur staunen!

Katharina Hahn ist 21 Jahre alt und lebt zusammen mit ihrem Mann in einem kleinen Dorf in der Nähe von Siegen. Sie ist Studentin für Literatur-, Kultur- und Medienwissenschaften und liest gerne Bücher von Kafka, Thomas Mann und Max Lucado.

Gnade

Er saß in seiner Zelle und wartete auf seine Hinrichtung.

Seine Augen starrten an die gegenüberliegende Wand, an die kalte, steinerne Wand, während sein Leben wie ein Film vor seinem inneren Auge ablief.

Er sah sich als kleinen Jungen, der das Abenteuer liebte und suchte. Er sah sich als Heranwachsenden, der die Traditionen und die starren Gesetze seines Volkes verachtete.

Er hatte bald festgestellt, dass das Ziel jedes Juden – vor dem Gesetz völlig rein zu sein – unerreichbar war. Nach unzähligen missglückten Versuchen, dieses Ziel dennoch zu erreichen, hatte er schließlich aufgegeben, hatte resigniert. Dieses Gefühl des Versagens, das Wissen um sein sündhaftes Wesen und seine Frömmigkeit, die schon lange nicht mehr lebendig war, engten ihn ein. Er hatte das Gefühl, platzen zu müssen.

Dazu kam noch, dass alle Menschen in seinem Umfeld glücklich zu sein schienen. Sie lebten ihren Glauben. Zwar waren sie nicht fehlerlos, doch sie baten Gott um die Vergebung ihrer Sünden, indem sie ihm opferten, und gaben nicht auf in dem Versuch, alle Gesetze genau einzuhalten. Dabei erlebten sie den Frieden und die Erfüllung, die er selbst so sehnsüchtig suchte. Doch was er auch tat, er blieb unzufrieden, eingeengt und leer in seinem Inneren. Er konnte sich nie überwinden, jemandem etwas davon zu erzählen. Alle anderen waren ja glücklich. Niemand hätte ihn verstanden. Außerdem wäre sein Vater sicher enttäuscht gewesen, wenn er von den Gedanken und Gefühlen seines Sohnes gewusst hätte. Aber er wollte, dass sein Vater stolz auf seinen Ältesten war. So zog er sich innerlich von anderen zurück und fühlte sich unverstanden von Gott und den Menschen.

Dann starb sein Vater. Sein Vorbild, sein Lehrer und – obwohl er über seine inneren Kämpfe ihm gegenüber geschwiegen hatte – sein Halt. Seine Mutter liebte ihn und wollte ihm helfen, das spürte er. Doch sie kam nie an sein Herz heran, weil sie alles falsch anfing.

Nach einiger Zeit zog er weg, um im nahe gelegenen Jerusalem Arbeit zu finden. Er ging bei einem Maurer in die Lehre und konnte bald Mutter und Geschwistern seinen Lohn zukommen lassen. Er war jung, geschickt und stark und sein Meister war zufrieden mit ihm.

Doch wann immer er sah, wie die Römer – die Besatzungsmacht, die sein Volk unterdrückte – mit seinen Landsleuten umgingen, knirschte er mit den Zähnen, ballte seine Fäuste und musste doch helfen, Häuser für diese arroganten Schnösel zu bauen. Er schluckte seine Wut und sein Dürsten nach Rache hinunter und arbeitete umso härter, mit der Kraft des Zorns.

Er lernte andere junge Männer kennen, mit denen er über alles diskutieren konnte. Es waren wilde Kerle; etwas an ihnen zog ihn an. Bald merkte er, dass sie seine Gedanken bezüglich der Römer teilten. Sie erzählten ihm von ihrem abenteuerlichen Leben als Freiheitskämpfer, malten ihm in den schillerndsten Farben ein Bild ihrer Freiheit, Unabhängigkeit und der guten Sache, für die sie als Helden ihres Volkes ihr Leben riskierten. Seine Faszination wuchs zunehmend, während er ihnen zuhörte, bis er schließlich seine strenge, gute Erziehung über Bord warf, sein Gewissen, das ihn warnen wollte, zum Schweigen brachte und sich der Gruppe anschloss.

Nachdem er die aufkommenden Schuldgefühle, die mahnenden Gedanken an seine Familie und die Ehrfurcht vor dem Leben der Feinde erfolgreich aus seinem Herzen verbannt hatte, genoss er das wilde, gefährliche Leben bei den Freiheitskämpfern. Während der zahlreichen Anschläge, die sie überall im Land gegen die römischen Posten verübten, feilte er an seiner Geschicklichkeit und wurde schließlich zur rechten Hand des Anführers.

Doch selbst ihnen, die sich meist versteckt hielten und das Tageslicht mieden, kamen Gerüchte über einen Wanderprediger zu Ohren, der heilend durchs Land zog. Sie verachteten seine Lehre, da sie ihnen zu friedlich war, und lachten über seine steile Behauptung, er sei Gottes Sohn. Anfangs hatte ihr Anführer gehofft, dieser Jesus von Nazareth würde ein mächtiger Verbündeter. Doch nachdem sie sich ein paar Mal unauffällig unter die Menge seiner Zuhörer gemischt hatten, mussten sie diese Hoffnung fallen lassen und ließen kein gutes Haar an ihm.

Schon bald konzentrierten sie sich wieder voll und ganz auf „ihre gute Sache“. Die Zeit verging und die Freiheitskämpfer waren mit sich zufrieden. Sie reisten nach Jerusalem. Dort wollten sie auf Gleichgesinnte treffen und sich mit ihnen über Erfahrungen, Taktiken und Neuigkeiten aus dem ganzen Land austauschen. Während sie unterwegs waren, belauschten sie wieder einmal eine Reisegruppe und erfuhren so von einem Trupp Römer, der für die bevorstehenden Tage des Passahfestes die Soldaten in Jerusalem unterstützen sollte. Schließlich wurden zu diesem Fest Menschen aus der ganzen Welt in Jerusalem erwartet, sodass es mehr als sonst nötig war, für Ordnung zu sorgen.

In den Freiheitskämpfern erwachte sofort die Abenteuerlust. Schnell entwarfen sie einen Plan. Der Anführer schickte einige Leute aus, damit diese neue Pferde besorgten. Dann ritten sie den Römern so schnell sie konnten hinterher.

Er konnte es als rechte Hand des Anführers kaum erwarten, wieder ein paar der vermaledeiten Römer zu beseitigen. Ein Feuer aus Wut und Hass brannte in ihm. Es war ihm schon vertraut, doch es beflügelte ihn immer wieder neu. Das waren Flammen, die nie verlöschen würden. In Gedanken eilte er den fliegenden Hufen der galoppierenden Pferde voraus und weidete sich schon in dem befriedigenden Gefühl, einen weiteren Schritt auf ihr großes Ziel zu gemacht zu haben – die Befreiung Israels von seinen Unterdrückern.

Unsichtbar und lautlos im dichten Morgennebel stachen sie die Schlafenden nieder, nahmen das Geld und die Nahrungsmittel an sich, die die Soldaten bei sich gehabt hatten, und ritten auf deren prächtigen Pferden davon. Der Freiheitskämpfer und der Anführer blieben als Einzige zurück und kümmerten sich um die erbeuteten Waffen.

Nachdem sie diese auf die Pferde geladen hatten, ritten sie zu ihrem nächstgelegenen Waffenlager und verstauten sie dort. Dann machten auch sie sich auf den Weg nach Jerusalem. Die Mittagszeit war die heißeste Zeit des Tages. Wer konnte, vermied es, in dieser Hitze unterwegs zu sein. So ritten die beiden unbesorgt auf der großen Straße nach Jerusalem und versicherten sich gegenseitig, wie gut der Angriff gelaufen war. Als die größte Hitze vorüber war, gönnten sie sich im Schatten eines großen Felsens abseits der Straße eine Rast.

Beide waren erschöpft, und da sie sich sicher fühlten, beschlossen sie, dass keiner wachen müsse. So legten sich beide zu einem kurzen Mittagsschlaf nieder.

Irgendetwas stimmte nicht. Er wusste nicht, was es war, aber das Gefühl der Beunruhigung blieb. Plötzlich hörte er Pferdegetrappel. Er legte die Hand an seinen Gürtel, in dem sein Messer steckte. Der Anführer bewegte sich bereits geräuschlos in Richtung der Pferde, um ihre Waffen zu holen. Doch da – um die Ecke des Felsens preschten Pferde heran. Noch bevor der Anführer bei ihren eigenen Pferden angelangt war, war er von einigen Soldaten umstellt. Gleich mehrere Speerspitzen waren auf sein Herz gerichtet. So gefährlich nahe waren sie, dass sie seine Kleidung aufrissen.

Der Freiheitskämpfer drehte erst wieder den Kopf, als scharfer Stahl auch seine eigene Haut kitzelte.

„Mitkommen! Ihr seid verhaftet!“ Der knappe Befehl knisterte vor Kälte und Grausamkeit.

Widerstand war zwecklos. Es waren zu viele. Er wurde zu einem Soldaten aufs Pferd gebunden. Rechts und links von ihm ritten Soldaten, vor ihm ebenfalls, und als er sich umdrehen wollte, um zu sehen, wo sein Mitstreiter war, versetzte man ihm eine Ohrfeige. Er biss die Zähne zusammen und heftete seinen Blick fest auf die staubige Straße. Nein, er würde ihnen nicht die Genugtuung bereiten, jetzt loszuwüten. Genutzt hätte es sowieso nichts. Es wäre nur vergeudete Kraft gewesen, Kraft, die er noch brauchen würde.

Die Gerichtsverhandlung in der Stadt war kurz. Wie sie auf ihre Spur gekommen waren, war ihm ein Rätsel. Gab es einen Verräter in ihrer Gruppe? Die Berichte der Zeugen, von denen er nicht wusste, woher sie all das wissen konnten, was sie wussten, waren erstaunlicherweise noch nicht einmal so übertrieben. Doch alles Reden prallte an ihm ab; er errichtete um sich herum eine Mauer des Schweigens. Er suchte vergebens nach einem Gefühl des Stolzes auf all das, was sie erreicht hatten, aber auch Angst konnte er keine finden. Nur ein dumpfes Gefühl der Gleichgültigkeit. Er war kein Kämpfer mehr, kein Volksheld, der sein Leben für seine Berufung wagte. Er schrumpfte zu einem jungen Mann voller Enttäuschung und Einsamkeit zusammen. Jetzt war nur noch der übrig, der sich fragte, was das Leben wert war und warum er je geglaubt hatte, es gäbe einen Weg aus dem Versagen.

Das Urteil: Tod am Kreuz. Die schrecklichste, qualvollste Todesstrafe überhaupt.

Er wurde in eine Zelle gesperrt. Am Mittag des nächsten Tages sollte die Hinrichtung stattfinden. Hatte er zuvor noch die Sinnlosigkeit seines Lebens in seinen Gedanken bewegt, so krallte sich etwas in ihm jetzt verzweifelt ans Leben. Und er sah sein Leben so klar, wie er es noch nie gesehen hatte.

Er begriff, dass die vermeintliche Freiheit, das Abenteuer und sein angebliches Heldentum Trugschlüsse waren. Jetzt, hier in seiner Zelle, warfen ihn seine Schuldgefühle mit voller Wucht nieder. Zum ersten Mal seit Langem konnte sich sein Gewissen wieder Gehör verschaffen. Es warf ihm vorwurfsvoll die Gesichter seiner Familie hin und klagte ihn an, selbstsüchtig zu sein. Und er gab seinem Gewissen recht. Sorgen stiegen in ihm auf, Sorgen um seine Mutter und seine Geschwister. Wie waren sie ohne ihn und das Geld zurechtgekommen?

Und dann brach sich ein Gesicht aus der Dunkelheit seiner Erinnerungen Bahn. Sein Vater. Der Gedanke daran, was sein Vater von ihm gehalten hätte, wenn er gesehen hätte, was aus seinem Sohn geworden war, war beinahe unerträglich. Sein Vater, der sich traurig abwandte, der bekümmert seinen Kopf schüttelte, dieses Bild peinigte ihn. So lange hatte er die Trauer in seinem Herzen vergraben, hatte geglaubt, er könne seinen Vater vergessen. Doch hier, in der kalten, kleinen Zelle, brach all das aus ihm heraus, was er jahrelang hinuntergeschluckt hatte: Trauer, Wut, Enttäuschung, Verzweiflung. Er tobte, weinte, schrie. Dann sank er erschöpft zurück. Schwer atmend lehnte er an der steinernen Wand, gegen die er eben noch gewütet hatte, und fühlte sich seltsam erleichtert. Nun endlich lasteten die erdrückenden Gefühle nicht mehr so schwer auf seiner Seele, er hatte sie herausgelassen.

Aber diese Erleichterung hielt nicht lange an. Sie wurde überschattet und schließlich ganz verschlungen von der unausweichlichen Realität. Jetzt erst wurde ihm klar, dass er die Zeit nicht zurückdrehen konnte. Er konnte weder versuchen, seinen Vater zu beeindrucken, noch wieder eine Arbeit aufnehmen, um das Überleben seiner Familie zu sichern. Geschehenes konnte er nicht mehr ungeschehen machen. Und dann traf ihn ein anderer Gedanke wie ein Schlag in die Magengrube und lähmte ihn: Es war zu spät! Es war zu spät, um um Verzeihung zu bitten. Zu spät, um sich eine neue Chance zu erflehen, zu spät, um Vergebung zu empfangen für all das, was er getan hatte. Er hätte nicht damit gerechnet, dass ihm jemand verzieh. Aber allein die Aussicht, dass ihm nicht einmal diese Hoffnung blieb, raubte ihm alle Kraft, die noch in ihm war. Tränen flossen nicht mehr. Alle Tränen, die ihn ihm gewesen waren, hatte er schon geweint. Dumpf kauerte er am Boden. Zu spät! Jeder Herzschlag teilte ihm ungerührt mit: zu spät … zu spät …

Plötzlich wurde seine Zellentür mit einem lauten Krachen aufgestoßen. Es war so weit. Grobe Hände griffen nach ihm und zerrten ihn hinaus. Wieder einmal zog er sich zurück in seine eigene Welt, eine Welt aus Gleichgültigkeit. Es würde keinen Neubeginn mehr geben. Am Horizont schimmerte keine Hoffnung auf offene Arme, die ihn annehmen würden. Die Menschen, Geräusche und Worte um ihn herum verschwammen zu dem Rauschen eines Flusses, der an ihm vorbeifloss und ihn doch nicht erreichen konnte. Aus diesem Fluss erreichte ihn nur eine einzige Botschaft: Sie waren auf dem Weg nach Golgatha, der Schädelstätte. Der Fluss umspülte ihn als ein Beweis dafür, dass um ihn her das Leben herrschte. Doch er selbst war nur noch ein Gedanke, ein Hauch, der verwehte.

Zu spät.

Er wurde zu Boden geworfen und an die beiden Balken gebunden, die das Kreuz bildeten. Durch die Hammerschläge, die Nägel in seine Hand- und Fußgelenke trieben, wurde er jäh aus seiner Welt gerissen. Nun schien er alles umso schärfer wahrzunehmen. Die Sonne verbrannte seine Haut und die Schmerzen wüteten in ihm. Er spürte, wie die Todesqualen seinen Körper marterten, obwohl man ihm vorher eine Droge zur Linderung gegeben hatte. Er hörte seine Schreie, ohne sich bewusst zu sein, dass es seine Schreie waren. Nun wurde das Kreuz aufgerichtet. Als er sich wieder einmal streckte, um nach Luft zu schnappen, blickte er direkt in zwei Augen, in denen er genauso viel Schmerz lesen konnte wie in seinen. Doch noch etwas anderes stand in diesen Augen: Verständnis, Annahme, Liebe. Das, wonach er sich immer gesehnt hatte.

Dann nahm er plötzlich die Spottrufe der Menschenmenge wahr, die unterhalb der drei Kreuze stand. Und er wusste, wer da neben ihm hing.

„Anderen hat er geholfen, sich selbst kann er nicht helfen."

„Steig herunter vom Kreuz, dann wollen wir an dich glauben."

Warum hing Jesus von Nazareth hier? Er hatte doch selbst gehört, dass dieser Frieden gepredigt hatte. Mit eigenen Augen hatte er gesehen, wie dieser Kranke geheilt hatte. Seine gewagte Behauptung, er wäre Gottes Sohn, hatte ihn augenscheinlich an dieses Kreuz gebracht, denn darauf stand die Todesstrafe. Plötzlich erinnerte der Mann sich an den fesselnden Blick in seinen Augen, in dem so viel gelegen hatte, als könnte er durch diese Augen den Himmel sehen.

Eine Ahnung erwachte in ihm und wurde schließlich zur Gewissheit. Diese Tiefe, diese Reinheit und all das, was ihm diese Augen nur im Bruchteil einer Sekunde gegeben hatten, konnte ihm kein Mensch geben.

Sein Verstand konnte nicht fassen, wie und warum Gott sich in einem Menschen unter sein Volk mischte. Aber sein Herz fühlte sich zum ersten Mal seit Langem wieder an wie sein Herz. Warm und lebendig. Der Messias war da. Er war da und er hing neben ihm am Kreuz. Er näherte sich ihm in seinem Leid.

Da vernahm er plötzlich eine heisere Stimme: „Wenn du wirklich Gottes Sohn bist, dann steig herunter vom Kreuz und rette dich und uns."

Er konnte es nicht fassen. Selbst wenn man Jesus nicht als den Messias erkannte, so hatte er doch stets ein Herz für die Menschen gehabt und sich um ihre Ängste und Sorgen gekümmert, wie es sonst kaum ein Rabbi tat. Er hatte nur geholfen und geliebt. Und sein ehemaliger Anführer – jetzt widerte es ihn an, das er ihn einmal seinen Freund genannt hatte – vergeudete seinen letzten Atem, um der Wahrheit ins Gesicht zu spucken. Nein, zu diesen Leuten wollte er nicht gezählt werden, zu den Spöttern, die nicht erkannten, was er erkannt hatte. Zu wissen, dass der Messias neben ihm litt, hatte nicht erneut seine Schuldgefühle und Selbstvorwürfe heraufbeschworen. Im Gegenteil: Die Erleichterung durchströmte seinen brennenden Körper wie kühles, linderndes Wasser. Empört über diesen Spott, der ihm selbst noch vor nicht allzu langer Zeit zu eigen gewesen war, richtete er sich wieder etwas auf.

Die Anstrengung konnte er kaum ertragen und doch sammelte er so viel Luft wie möglich in seinen Lungen und stieß die Worte hervor: „Sei still! Hast du noch nicht einmal jetzt, kurz vor dem Tod, Respekt vor Gott? Wir sind schuldig. Wir verdienen den Tod. Aber dieser Mann ist unschuldig. Er hat nie etwas Böses getan." Erschöpft sank er zurück.

Dann fasste er sich ein Herz, um diese unverhoffte letzte Chance, diese leise Hoffnung, zu nutzen. Wieder, wie in der Gefängniszelle, drohte seine Schuld, ihn zu erdrücken. Doch er erinnerte sich an die Liebe in Jesu Blick und suchte nach Kraft in seinem blutenden Körper, den das Fieber schüttelte. Und er fand Kraft. „Denk an mich, wenn du in dein Reich kommst." Tränen der Reue verschleierten seinen Blick.

Der göttliche Mensch neben ihm keuchte und doch hörte er ihn die Worte sagen: „Noch heute wirst du mit mir im Paradies sein."

Ein letztes Mal trafen sich die Blicke der beiden. Und dieses Mal stand in den Augen des Messias nur eines: Vergebung. Ein tiefer Friede erfüllte ihn. Er konnte dieses Gefühl der wahren Freiheit trotz all seiner Schmerzen beinahe körperlich fühlen. Er spürte eine Gegenwart in sich und um sich herum, die er nicht beschreiben konnte. Es war etwas, das über menschliches Verstehen hinausging. Gottes Gegenwart. Seine Gnade. Gnade. Worte waren hier nicht nötig. Es war nur noch dieses Wort in ihm: das Versprechen Jesu. Sein Herz schlug im Takt dieses einen Wortes, langsam, aber stetig: Gnade … Gnade … Gnade, die ihm Vergebung schenkte.

Unterhalb des Kreuzes stand eine Frau, eine der vielen, die Jesus nachgefolgt waren. Einer der drei Gekreuzigten hatte etwas Bekanntes, Vertrautes in ihr wachgerufen, ohne dass sie hätte sagen können, was es war. Instinktiv hatte sie sich so rasch wie möglich durch die Menschenmenge geschoben und hatte angestrengt dem Wortwechsel zwischen den Gekreuzigten gelauscht. Jetzt, wo sie ihn so genau sehen konnte, überwältigten sie die Gefühle, die in ihr aufwallten. Ihr Sohn.

Sein Blick schweifte umher, fiel auf die Menschen unter dem Kreuz, und auf das Erkennen in seinen Augen folgte Reue. Sie erinnerte sich an seine Worte, die er an ihren Herrn gerichtet hatte. Nur mit Mühe gelang es ihr, leicht mit dem Kopf zu nicken. Und während ihrer beiden Tränen flossen, kämpfte sie darum, ihr Lächeln zu erhalten – für ihn.

Er empfing Vergebung von Gott und Vergebung von Menschen.

Das letzte Bild, das sein Geist festhielt, war ihr Lächeln.

Die letzten Worte, die er mit hinüber in den Tod nahm: „Noch heute wirst du mit mir im Paradies sein."

Gnade brachte ihn ins Paradies. Zu Gott.

Amira Shoukry ist 18 Jahre alt und besucht zurzeit die Klasse 11. Sie lebt mit ihren Eltern und ihren beiden jüngeren Brüdern in Frankfurt am Main.

Äpfel

Jeder, dessen Namen er nicht wusste, bekam einen Apfel von ihm.

Simon war der Einzige, dem er mehrmals im Monat einen Apfel mitgebracht hatte.

Herr Seile war ein Lehrer, dem drei Dinge wichtig waren: Freundschaft, Respekt und Gehorsam.

Simon begegnete ihm jedoch allenfalls mit bitterem Gehorsam, während Hass und Wut sich langsam in ihn hineinfraßen.

Die Klasse fasste etwa 50 Schüler, und es war kein Wunder, dass Simon als ruhiger, mittelmäßiger Schüler in der vorletzten Sitzbank nicht auffiel. Erst war er betrübt, dass der Lehrer, den alle schätzten, sich weder sein Gesicht noch seinen Namen merken konnte. Mit jedem weiteren Apfel steigerte sich jedoch sein Ärger – nach zwei Jahren blieben nur noch Zorn und Bitterkeit.

Er hasste diesen sanften Mann schließlich so sehr, dass jeder, der auch nur oberflächlich von diesem innigen Hass erfuhr, eine sichere Distanz zu Simon einnahm, was dafür sorgte, dass dieser bald schon sehr einsam war.

Wenn Herr Seile an einem sonnigen Tag mit den Schülern unter der großen Eiche Lieder sang und seine Gitarre spielte, saß Simon abseits und hasste ihn.

Wenn Herr Seile sich im Klassenraum vom jugendlichen Schwung seiner Schüler mitreißen ließ und augenzwinkernd mit ihnen scherzte, starrte Simon ihn an und hasste ihn.

Wenn Herr Seile großmütig vor dem Sonntag keine Hausarbeiten aufgab und fröhlich in die dankbaren Gesichter seiner Schützlinge sah, wandte Simon sich ab und hasste ihn.

Und so entwickelte sich Simon zu einem jungen Mann, dem alles verhasst war – alles, was froh war.

Als alle anderen, die einst mit ihm die Schulbank gedrückt hatten, den netten Lehrer beinahe vergessen hatten und nur hin und wieder milde lächelnd an ihn zurückdachten, malte Simon sich aus, wie er Herrn Seile am besten schaden könnte.

Betrachtete man, wie er an einem Sommerabend auf der Veranda saß und in den Sonnenuntergang sah, konnte man meinen, es sei ein friedlicher Anblick. Doch in Wahrheit schmiedete er bitterböse Pläne, und wann immer er eine gute Idee hatte, lächelte er gefährlich und grub seine Zähne tief in einen Apfel, sodass ihm der Saft an den Mundwinkeln herabrann.

Es war nicht leicht, wie Simon feststellen musste, Herrn Seile zu schaden.

Er war Junggeselle, lebte also allein, ohne Frau und Kinder. Zudem führte er ein äußerst sparsames Leben, war fromm und gütig. In seiner Freizeit arbeitete er in seinem winzigen Vorgarten, spielte Gitarre oder besuchte den Pfarrer und nahm dem greisen Pfaffen sogar den ein oder anderen Hausbesuch ab. Kurzum: Herr Seile war ein leuchtendes Beispiel in allen Tugenden – ein sehr feiner Mann.

Dieser Mann, der ihn jahrelang nicht wahrgenommen hatte, ja sogar ihm als einzigen von allen Schülern nicht mit Warmherzigkeit begegnet war, wie Simon meinte.

Nach einigen Jahren verbitterten Grams kam er zu dem Schluss, dass er nur am Magister selbst Rache nehmen konnte. Alle seine negativen Gefühle hatte er seit der dritten Klasse auf diesen Mann projiziert. Er allein war schuld daran, dass man ihn überall in der Umgebung einen griesgrämigen Sonderling nannte und über ihn tuschelte, wenn er sich im Dorf blicken ließ. Er, der Simons einfachen Namen keinem Gesicht zuordnen konnte, der ihn zu einem Niemand gemacht hatte.

Trotz dieser Erkenntnis brauchte Simon noch weitere Monate, bis er seinen Plan in die Tat umsetzte:

Es war ein besonders sonniger, schwüler Nachmittag. Auf dem Weg durch die Obstbäume roch es nach frischem Heu und fauligem Fallobst – überall zirpten Grillen. Verstummte eines dieser Insekten, setzten ein Stück weiter wieder zwei ein. Den Vögeln war es zu warm, um zu singen, und man konnte ahnen, dass es bald ein Gewitter geben würde, denn im Westen sah man bereits graue Wolken aufziehen. Die Hitze flimmerte ein wenig über dem Holzweg und verzerrte die Luft in flüssigen Fetzen, die über die Felder dahinschmolzen.

Es war kein Zufall, dass Herr Seile auf seinem täglichen Spaziergang plötzlich Begleitung von einem jungen schweigenden Mann bekam. Simon jedoch ließ es so aussehen, als sei er ein Wandersmann, dessen einziges Bestreben es ist, vor dem Unwetter im nächsten Ort anzukommen.

Der Lehrer plauderte unverdrossen, lobte Gottes Schöpfung und den warmen Tag. Manchmal blieb er sogar kurz stehen und sog die Luft durch die Nase ein. Von einem der Bäume nahm er sich einen reifen Apfel und rieb ihn an seinem Hemd, bis er glänzte.

„Wissen Sie", sagte er „die Zeit der Apfelernte ist doch die schönste im Jahr."

Simon nickte unverbindlich und wischte sich mit dem Arm über die schweißnasse Stirn.

Beinahe ehrfürchtig biss Herr Seile von seinem Apfel ab und gab dann einen wohligen Laut von sich.

„Wunderbar!", meinte er, „die Bauern werden eine gute Ernte haben dieses Jahr."

In der Ferne vernahm man ein Donnergrollen.

„Wir sollten uns etwas beeilen, meinen Sie nicht?", fragte er. Seine besorgten Augen hingen am dunklen Wolkenheer, das sich langsam, aber stetig näherte. Er drehte sich nach seinem Begleiter um. Simon stand näher als erwartet, darum wich er unwillkürlich einen halben Schritt zurück. Da Simon keine Anstalten machte loszugehen, lächelte er nachsichtig. „Wollen Sie nicht mitkommen?", fragte er freundlich.

Es erinnerte Simon daran, wie sein Lehrer früher manchmal zu ihm gekommen war, als die anderen Kinder draußen spielten, während er alleine auf der Schultreppe saß. „Willst du nicht mit ihnen spielen?", hatte er gefragt.

„Unser Weg ist hier zu Ende“, murmelte Simon. Er sagte es zu sich selbst.

„Wie bitte?“, fragte Herr Seile.

„Ich sagte: Unser Weg ist hier zu Ende.“

Beide Männer schwitzten sehr und keuchten mit jedem Atemzug die feuchte Luft leise aus ihren Lungen. Die Hemden klebten an ihren verschwitzen Leibern. Der Lehrer sagte nichts. Er sah nicht erschüttert oder schockiert aus, weder verwirrt noch klar, er stand einfach nur da und sah Simon an.

„Unser Weg ist hier zu Ende, haben Sie mich nicht verstanden?“, rief Simon wütend. Er war verunsichert, trotzdem trat er einen Schritt näher an seinen Lehrer heran.

„Ich habe es gehört“, entgegnete dieser.

Simon schlug ihn mit der rechten Faust ins Gesicht. Weil sie sich so dicht gegenübergestanden hatten, kam der Schlag von unten und hatte eine solche Wucht, dass der ältere Mann regelrecht zurückflog. Er landete halb auf der Seite unter einem der Obstbäume.

Als Herr Seile sich mit dem linken Arm aufzurichten versuchte, kniete Simon sich neben ihn und ohrfeigte ihn. Ein Schwall Blut quoll aus dessen Mundwinkeln hervor und ein unterdrücktes Husten ließ es auf Simons weißes Hemd spritzen. Doch dieser hörte nicht auf zu schlagen, sondern rammte seine Fäuste immer wieder und wieder auf die Brust seines Opfers, bis er es leise und dumpf knacken hörte – ein oder zwei Rippen brachen.

Dann verschnaufte er und wischte sich mit Daumen und Zeigefinger Schweiß aus den Augen.

Nun fielen die ersten Regentropfen und bald schon prasselte der Regen auf den bis dahin staubigen Feldweg.

Simon sah auf seinen Lehrer. Dessen Augen waren geschlossen, aber er atmete flach.

Weiter hatte er nie gedacht, aber in diesem Moment war ihm bewusst, dass er Herrn Seile töten wollte. Er wollte seinen Lehrer töten. Mit seinen Händen stützte er sich auf das nasse Gras und richtete sich langsam auf, bis er von oben herab auf den Verwundeten blickten konnte.

Dieser wollte offenbar etwas sagen, denn er öffnete den Mund, doch er hustete nur, als er den Mund auftat.

Dann hauchte er: „Simon …"

Simon sank mit einem Schlag auf die Knie. Die Augen weit aufgerissen, starrte er ins Leere.

„Simon, warum?", brachte Herr Seile hervor.

Sein Name, er kannte ihn. Er kannte seinen Namen und hatte die ganze Zeit gewusst, wer er war.

„Simon …" Es klang verzweifelt und mühsam. „Weißt du denn nicht mehr, wer ich bin?"

Dem jungen Mann schien es, als wichen ihm alle Sinne. Wie betäubt richtete er sich auf, taumelte zwei Schritte zurück.

„Simon …"

Sein eigener Name aus dem Munde dieses Mannes war wie ein Funkenstoß in seinem Kopf.

Hastig wandte er sich ab und rannte davon, so schnell er konnte. Die Hände hatte er auf die Ohren gepresst. Seine Füße wirbelten Matsch auf.

Tränen mischten sich mit Regentropfen.

Aus der Hand des Magisters rollte der angebissene Apfel auf den Weg. „Simon …“

Anne-Christine Samen ist 21 Jahre alt und studiert Germanistik und Multimedia am Karlsruher Institut für Technologie. Sie liebt Gedichte von J. P. Hebel und Annette v. Droste-Hülshoff, Filme wie „Die Geisha“ und deren Soundtracks sowie Grill-, Film- und LAN-Abende mit ihren verrückten Freunden.

Was auch immer hilft

Fest hält Hannelise das Foto in ihren Händen. Es zeigt ihre Familie vor vielen Jahren vor dem Elternhaus. Brav aufgereiht und mit gekämmten Haaren stehen die drei Kinder – zwei Mädchen und ein Junge – vor ihren Eltern. Das Foto ist leicht zerknittert und in schlechter Schwarz-Weiß-Qualität. Hannelise erinnert sich genau an den Geruch der Ställe, an das Knistern des Feuers im Kamin sowie das Geräusch der Bäume an einem stürmischen Tag. Endlich kann sie die Floskel „Mir kommt es wie gestern vor“ verstehen. Denn obwohl das ein Satz ist, den jeder früher oder später von sich gibt, so ist sie sich erst jetzt sicher, das Gefühl zu kennen. Sie lächelt, während ihr eine Träne übers Gesicht läuft. Auf ihren Knien liegt ein altes, dunkles Buch. Es ist in Leder gebunden und die Seiten sind klamm – ein Fotoalbum. Hannelise legte dies und zahlreiche weitere in der ersten einsamen Zeit an, als auch das letzte Kind das Haus verlassen hatte. Alle paar Jahre holt sie sie aus dem Regal über dem Kamin, staubt sie Seite für Seite ab und schwelgt in Erinnerungen. Während sie über den Buchdeckel streicht, schaut sie auf ihre Hände. Sie kann sich nicht an das Jahr erinnern, an dem sie zum ersten Mal diese komischen bräunlichen Flecken auf ihren Handrücken bemerkte. Sie weiß nur noch, dass sie sie zunächst für irgendwelche Kaffeeflecken, Make-up-Reste oder Ähnliches gehalten hatte, und wie deprimiert sie war, als sie sich eingestehen musste, dass das, was sie da sah, das Alter war. Es dauerte lange, bis sie verstehen konnte, dass sie nun nicht mehr als das hübsche Mädchen, die attraktive Frau oder die stilvolle Dame gesehen werden würde. Von nun an, und das musste sie sich eingestehen, würden alle in ihr nur noch die nette, alte Frau sehen.

Sie muss einige Male tief durchatmen, bevor sie sich traut, das Buch auf ihren Beinen aufzuschlagen. Während die anderen Alben im Regal prall gefüllt sind mit Urlaubsbildern, Einschulungen und Familienfesten, beinhalten diese Seiten Erinnerungen an die schwerste Zeit in ihrem Leben. Die erste

Seite zeigt ein großes Kreuz, gemalt mit verzierenden Schnörkeln und Blumen und dem geschwungenen Namen innerhalb des Kreuzes – Rose.

Ihren Mann hatte sie in einem überdurchschnittlich heißen Sommer kennengelernt. Da ihre Eltern sich mit drei Kindern und einem gerade gekauften Stück Land mit kleinem Viehbestand keinen Urlaub leisten konnten, verbrachte Hannelise die warme und schulfreie Zeit des Jahres damit, ihren Eltern zu helfen, Getreide anzubauen und die Tiere zu versorgen. In ihrer Freizeit fuhr sie mit ihrem Fahrrad zu einem nahe gelegenem See, der so versteckt inmitten von Bäumen lag, dass ihn nur Leute aus der näheren Umgebung kannten.

Nach einer arbeitsreichen Woche des Erntens und Heueinfahrens freute sich Hannelise besonders auf das kühle Nass. Durch die schützenden Bäume versprach das Wasser, sehr frisch zu sein. In den vergangenen Wochen hatte sie andere Badende höchstens aus der Ferne gesehen.

An diesem Tag jedoch, nachdem sie verschwitzt und müde an ihrem Stammplatz ankam, lehnte bereits ein anderes Fahrrad an „ihrem" Baum. Sie stellte deshalb ihr Rad ein paar Meter entfernt ab und näherte sich zu Fuß dem See. Als sie einen jungen Mann erblickte, der gerade aus dem Wasser in ihre Richtung ging, sprang sie vor Schreck hinter einen Strauch und spähte durch die dicht zusammengewachsenen Zweige. Natürlich hatte sie zuvor schon Jungs in ihrem Alter gesehen und auch gelegentlich mit ihnen über Hausaufgaben und zweckgebundene Themen, wie die richtige Versorgung von Beinverletzungen bei Kühen gesprochen. Kurz, sachlich und trotzdem immer mit einer gewissen Schamröte im Gesicht. Doch bei keinem zuvor hatte sie das Gefühl von schwachen Knien und einem wild klopfendem Herzen gehabt. Die dichten Blätter, hinter denen sie sich versteckte, gaben ihr in dieser Situation ein Gefühl von Schutz und Geborgenheit. Doch anscheinend war sie nicht so unsichtbar, wie sie gedacht hatte, denn als der für sie schönste Mann, den sie je gesehen hatte, ganz in ihrer Nähe war, entdeckte er sie und lächelte.

Sie heirateten zwei Jahre später und schon zehn Monate nach der Hochzeit bekamen sie ihr erstes Kind – einen Sohn. Groß, kräftig und voller Energie hielt er seine Eltern Tag und Nacht wach. Nach fünf Jahren mit schlaflosen Nächten, einer ständig laufenden Nase und aufgeschlagenen Knien konnte Hannelise ihre Gefühle kaum beschreiben, als sie die magischen Worte ihres Arztes nach einer Routineuntersuchung hörte: „Glückwunsch. Sie sind in anderen Umständen."

Hannelises zögerliche Reaktion ließ den Arzt die Stirn in Falten legen, woraufhin sie ein Grinsen aufsetzte, bei dem all ihre Zähne zum Vorschein kamen. Auf dem Weg nach Hause dachte sie über ihre Reaktion und die Erwartungshaltung ihres Arztes nach. *Die Botschaft, ein neues Leben auf die Welt zu bringen, ist ohne Frage das größte Wunder der Welt, aber trotzdem muss sich diese Nachricht erst mal setzen und von der betroffenen Person verdaut werden,* dachte sie sich. Ihr Mann war da schneller und weit weniger verwirrt. Gleich nachdem sie ihm von den Untersuchungsergebnissen berichtet hatte, sprang er aus dem Bett und holte das alte Kinderbett vom Dachboden, wo es gestanden hatte, seit Adam aus ihm herausgewachsen war.

Acht Monate später war nicht nur das Kinderbett neu gestrichen, sondern auch das Zimmer geschmückt und eingerichtet mit allem, was für einen Säugling benötigt wird. Eine antike Kommode stand seitlich neben dem Fenster, an dem kleine Schmetterlinge aus Papier klebten. Und auch ein alter Schaukelstuhl, den Hannelise von ihrer Mutter zur Hochzeit bekommen hatte, stand neben der Wiege. In diesem Stuhl saß sie schon jetzt von Zeit zu Zeit – summte Lieder, streichelte ihren Bauch und wog sich vor und zurück. Zu diesem Zeitpunkt waren alle Zweifel und alle Ängste, ob das Geld ausreichen würde und ob sie noch mal die nötige Kraft und Energie aufbringen könnte, dem Gefühl der Freude gewichen.

In einer lauen Oktobernacht war es dann so weit. Hannelise wurde von ihrem Mann ins Krankenhaus gefahren. Die Schmerzen hatte sie von der Geburt ihres Sohnes noch in Erinnerung – ganz gleich, ob erzählt wird, dass die Schmerzen vergessen sind, sobald das Neugeborene in den Armen der Mutter liegt. Stimmen und Gerüche verschwammen in ihrer Wahrnehmung und sie konzentrierte sich ganz allein auf sich selbst. Sie wusste nicht, wie lange sie dalag, bis sie wieder klar wurde und den Arzt sagen hörte: „Ich sehe das Köpfchen."

Adrenalin schoss durch ihren Körper und gab ihr die Kraft für die letzten Augenblicke. Gleich würde sie ein neues Leben in ihren Armen halten. Doch nach dem letzten Schmerz – Stille. Kein Schrei. Kein Weinen. Nichts. Nichts außer hektischem Treiben, gefolgt von betroffenen Gesichtern. Das Kopfschütteln des Arztes sagte mehr als tausend Worte.

Hannelise klappt das Buch zu und muss abermals tief Luft holen. Die Tränen rinnen nun zahlreich über ihr Gesicht und tropfen auf den Ledereinband. Sie kann noch immer nicht verstehen, was damals geschehen ist – auch nach so vielen Jahren nicht. Doch anstatt das Buch zur Seite zu legen und sich einem der fröhlicheren zu widmen, schlägt sie es wieder auf. Ein gemaltes Bild von ihrem kleinen Mädchen, das sie nie kennenlernen durfte, verdrängt die Tränen und bringt ein zartes Lächeln hervor. Neben dem Ölbild klebt ein getrocknetes Blatt von einem Ahornbaum.

Zwei Wochen lang verschanzte sich Hannelise in dem liebevoll eingerichteten Kinderzimmer. Eingehüllt in eine Decke, kauerte sie abwechselnd neben dem Bettchen auf dem Fußboden oder in dem Schaukelstuhl, in dem sie zu zweit so viele glückliche Stunden verbracht hatten. Keine Worte, weder von ihrer Mutter, die angereist war, noch von ihrem

Mann konnten sie trösten oder ermutigen, aus dem Zimmer zu kommen.

Das kleine Mädchen Rose wurde auf dem städtischen Friedhof beigesetzt – gleich unter einem großen Ahornbaum, dessen Blätter sich bereits in eine farbenfrohe Pracht verwandelt hatten. Ein besonders großes und schönes Blatt schwebte während der Beisetzung herab – leicht und zart wiegte es sich im Wind, bis es genau vor Hannelises Füßen den Boden erreichte. Sie hob es auf und konnte den Blick nicht mehr von ihm lassen. Es ließ sich nicht erklären, aber zum ersten Mal fühlte sie nicht nur Schmerz und eine völlige Leere. Keine Erleichterung – das wäre zu viel gesagt, aber eben ein Gefühl, welches sie in gewisser Weise ins Leben zurückrief. Und sie sah alles: Ihren Sohn, der sie mit großen Augen fragend anschaute, das Licht, das sich durch die Baumwipfel einen Weg zur Erde bahnte, ihren Mann, der mit Tränen in den Augen in den Himmel schaute, und auch den winzigen Sarg, der langsam in die Grube hinabgelassen wurde.

Wieder zu Hause, kehrte Hannelise in das Zimmer zurück, in dem sie die letzten Wochen verbracht hatte. Doch es hatte sich etwas verändert. Sie fing an zu schreiben: Briefe an ihre Tochter, Briefe an Gott mit der Bitte, gut für ihr Mädchen zu sorgen, Briefe mit ihren Empfindungen und Hoffnungen. Sie malte ein Bild von der kleinen Rose in das Buch, klebte das Ahornblatt mit auf die Seite und verzierte alles aufwendig.

Nachdem sie weitere zwei Tage an dem Buch gearbeitet hatte, kam sie an einem Morgen zum Frühstück aus dem Zimmer. Zögerlich blieb sie zunächst im Türrahmen stehen, bis sie schließlich schnellen Schrittes zu ihrer Familie eilte und sie in die Arme schloss.

Drei Jahre später brachte Hannelise ein gesundes Mädchen zur Welt – Adams und Roses kleine Schwester.

Hannelise blickt von dem Buch auf und aus dem Fenster. Sie schaut nichts direkt an, sondern ihr Blick schweift hin und her. Ebenso wie sie bis zum heutigen Tag nicht weiß, woran und vor allem warum ihre Tochter sterben musste, ist ihr auch noch immer ein Rätsel, wie sie es geschafft hat weiterzumachen. Was hat sie aus dem Kinderzimmer herausgeholt zu den Menschen, die sie lieben und die sie brauchen? War es die Zeit? Waren es die Worte, die auf der Beerdigung gesprochen wurden? War es der Glaube an Gott? War es der Rückhalt der Familie? Oder war es nur das kleine Blatt, das zur rechten Zeit vom Himmel schwebte, um Hannelise aus ihrer Trance zu wecken, damit sie sich verabschieden und mit dem Verarbeiten anfangen konnte? Was immer auch geholfen hat – gut, dass es da war!

Maike Hartwig wurde 1981 in Hannover geboren. Sie hat in Osnabrück Germanistik und Erziehungswissenschaft studiert. Seit ihrem 10. Lebensjahr schreibt sie Gedichte und Kurzgeschichten.

Momente des Glücks!

Ein Moment des Glücks ist es,
wenn man frühmorgens aufsteht
und der Sonne entgegenblickt!
Ein Moment des Glücks ist es,
wenn man leben darf!
Ein Moment des Glücks ist es,
Kinderlachen zu hören!
Ein Moment des Glücks ist es,
durch die Straßen zu laufen und anderen
Menschen ein Lächeln zu schenken!
Ein Moment des Glücks ist es,
die Wolken beim Weiterziehen zu beobachten!
Ein Moment des Glücks ist es,
durch den Wald zu gehen und den frischen Duft
des Herbstes zu riechen!
Ein Moment des Glücks ist es,
dem Tag mit Freude entgegenzutreten.

Es gibt viele schöne Momente des Glücks, doch die schönsten Momente des Lebens sind die Sekunden und Stunden, die wir miteinander verbringen dürfen!
Danke, Gott!

Aline Scherzberg, 22 Jahre, Cottbus/Brandenburg; zurzeit noch in der Ausbildung zur Gesundheits- und Krankenpflegerin. Nach ihrem Abschluss möchte sie gern nach Stuttgart ziehen und später eine kleine Familie gründen, evtl. folgt auch noch ein Studium. Ihre größte Leidenschaft ist die Musik (Spielmannszug, Gitarre, Gesang und Songwriting). Gedichte, Geschichten und Songs schreibt sie seit etwa 6 Jahren.